平凡社新書
1015

旅する漱石と近代交通

鉄道・船・人力車

小島英俊
KOJIMA HIDETOSHI

HEIBONSHA

旅する漱石と近代交通●目次

まえがき

最近は、夏目漱石没後一〇〇年、生誕一五〇年、明治維新一五〇年と、いくつかの節目があって、漱石と明治を回顧する機運が高まっている。漱石を日本文学の最高峰と見なす人は多いであろうが、今は「漱石も明治も遠くなりにけり」で、時代的にちょっと風化しているのではないかと懸念する。戦前は、玄関脇に一間だけ設けられた洋間の書棚に「漱石全集」や「日本文学全集」が並ぶのは、ちょっとしたインテリ家庭の原風景ともいえた。中学時代に「せめて漱石全集くらいは常識として読んでおきなさい」と親からいわれて、娯楽が乏しく、パソコンもない時代だったから、半ば義務的にそれらを読んだもので、私も例外ではない。しかし中学生の私には難しく、おもしろくもなく、有名な小説だけはなんとか読み終えて、やっと義務を果したと安堵したものである。その後、社会人となってからは、忙しさをいいわけとして、読書するにも、ノンフィクションものを優先して文学書からは遠ざかっていた。近時、近代史や鉄道史に関心を抱き、ついにそれに入れ込むようになった私であるが、改めて漱石を読んでみると、中学時代の印象とは全く異次元の世界が見えてくる。小説類はもちろん心を動かされるが、むしろその他の「日記」「断片」「講演録」「随筆」「書簡集」などを読むと別の角度から新鮮なものが見えてきてより興味深い。

そして漱石をいろいろ調べてゆくと、漱石は単なる文豪ではなく、ある意味では科学者でありかつマルチな思想家であり、天才といっても決して過言でないように思われてきた。学生時代の漱石は何でもできる秀才で、文系よりむしろ理系の方がよくできた。職業も最初は医者や建築家志望であった事実からもわかるように、漱石のものの見方や考え方は合理的で客観的である。それと同時にその味つけとして情緒をとても重視しており、洒脱、諧謔、ユーモアのセンスにも恵まれてうまくオブラートに包んでいる。だから漱石の文章は、理屈っぽさや、くどさを感じさせない。こういう作家は日本ではほかにいないし、世界的に見ても極めて稀であろう。

もう一つ、漱石というと、胃弱でいつも書斎に閉じこもっていた人のように思われがちであるが、本来は活動的で、人付き合いがよく、旅好きであったのだ。私は漱石の旅行記録を通して、その行動や時代背景を見てゆきたいと発想し、いろいろ調査・分析してきたが、紆余曲折を経て、ようやく陽の目を見たしだいである。私はこれまでにも鉄道史や漱石に関連する書籍を二、三上梓しているが、本書の執筆で漱石を見る新しい角度が加わったという喜びを感じている。

一八六七年に生まれ、一九一六年に没するまでの約半世紀にわたる漱石の時代は、ちょうど日本の開国から近代国家へと発展するのと時間をともにしている。国内では鉄道の開通、蒸気船の就航、馬車や人力車の普及、路面電車の普及、汽車旅の高速化・快適化、自転車の普及、自動車の出現といった交通手段の発展だけでなく、飛行機の曲芸飛行や飛行船まで現れた。また世界の都ロンドンへの二年間の留学期間中は文学だけでなく、世界最高の文化や科学にも接し、当時の日本にはないいろいろな乗り物にも乗っている。親友・中村是公《ぜこう》の誘いで廻った満韓旅行も、乗り物も含め漱石の見聞を深めている。

テーマが決まっても、どういう順序・構成で文章を書くかはいつも悩むところであるが、やはり漱石の人生の流れ、時代順にしたがって書くことにした。そうすると、一般的な乗り物の進歩だけでなく、漱石の立身出世と乗り物の選択が絡んでくるという個別事情も見えてくる。いずれにせよ、私は「書は読んで楽しくわかりやすくあるべき」と念じているので、堅苦しい文章は廃し、写真、図絵、地図などを多用して、ヴィジュアルにしたつもりである。

プロローグ——苦労人から大文豪へ

漱石の経歴、知っているつもり?

本書は決して漱石の人生や事績の全てを追うことを目的にしていないが、本論に入る前に漱石の経歴を簡単にレビューしておきたい。漱石は他の作家に比べても、多才で多彩、かつ多作なので、漱石の作家としての経歴は密度が濃い。したがって漱石の旅を追跡するにも、それと密接に関連する経歴の骨格だけは、あらかじめ確認しておく必要がある。ただし、漱石に詳しい方はこのプロローグをスキップしていただいても構わない。

さて、夏目金之助《きんのすけ》(漱石)は一八六七年二月九日(慶応三年一月五日)に江戸の牛込馬場下横町に夏目小兵衛《こへえ》直克《なおかつ》・千枝《ちえ》の末子(五男)として生まれた。夏目家は江戸時代には、牛込から高田馬場一帯を治めていた名主で、地域の公務や訴訟を受け持ち、かなりの権力と財力を持っていたといわれるが、漱石の生まれた明治維新当時には家はぐんと没落しており、中流ともいえないほどであった。

金之助の兄弟姉妹は幼くして亡くなった者を除くと五人いたが、長姉と次姉は父の前妻が産み、その前妻が亡くなってからもらった後妻が、長兄、二兄、三兄を産み、そして金之助を四十一歳のときに産んでいる。この実母は質屋の娘ということになってはいたが、実は四谷にあった遊女屋の娘であった。だから金之助は母の実家には連れていってもらったことがない。

漱石は、生後すぐに四谷の古道具屋（一説には八百屋）に里子に出され、その後、塩原昌之助《しようのすけ》（元夏目家の書生と女中だった者同士の夫婦）のところへ養子として送られた。しかしこの養父母の離婚により、九歳のとき生家に戻った。このとき実父・実母ともあまり歓迎しなかったという。このように漱石の幼少時は経済面、愛情面ともに家庭の温もりを感じることのない環境におかれたのである。なお養父・塩原からは、漱石が大学講師になると金の無心をされ、さらに、うだつの上がらない二組の姉夫婦にも時折

夏目漱石（国立国会図書館「近代日本人の肖像」）

援助をしていたことなどが自伝的小説『道草』に述べられている。そんな環境下でも漱石の資質が優れていたのであろう。小学校では早くも頭角を現し一二歳の時、東京府第一中学（現在の日比谷高校）に入学した。その後若干の紆余曲折はあったが、無事に大学予備門（第一高等学校の前身）に合格した。

血を分けた兄たちのなかでは長兄・大助（病気で大学南校を中退し、警視庁で翻訳係をしていた）のみがまともで、彼はできのよかった末弟の金之助を見込み、大学を出て立身出世をさせることで夏目家再興を果たそうと支援してくれた。それに引き替え、次兄・栄之助と三兄・和三郎《わさぶろう》はとかく遊び癖やなまけ癖があって漱石とはおよそ比較にならなかった。このようなかで一八八七年（明治二〇）の三月に長兄と死別し、その直後の六月に次兄と死別、さらに九一年（明治二四）には三兄の妻の登世《とせ》と死別するなど、次々に近親者を亡くしている。漱石は嫂《あによめ》の登世に恋心を抱いていたともいわれ、心に深い傷を受けた。

大学予備門時代の下宿仲間にのちの満鉄総裁になる中村是公がいる。二人とも苦学生だったので、予備門で学ぶかたわら、アルバイトをしなければならず、二人は江東義塾などの予備校で教師も務めた。漱石は心身とも疲労し一時授業に身が入らず、一学年の落第を経験するが、予備門時代の成績は全般に優秀で、特に理科系科目に秀でていた。予備門では正岡子規と知り合い、その関係は漱石がイギリス留学中の一九〇二年（明治三五）に子規が没するまで続く。

一八九〇年（明治二三）には創設間もなかった帝国大学文科大学英文学科に入学する。ここでも漱石の才能は光り、特待生に選ばれて、東京専門学校（現在の早稲田大学）の講師をして自ら学費を稼いでいる。九三年（明治二六）、漱石の大学卒業後の最初の職業は東京高等師範学校の英語教師であった。この時期は、たまたま病院で見染めた娘への片思いが実らず、肺結核も重なり、漱石は極度の神経衰弱・強迫観念にかられるようになり、参禅なども試みている。

一八九五年（明治二八）、東京から逃げるように高等師範学校を辞職し、愛媛県尋常中学校（旧制松山中学）の英語教師に赴任する。ここでは静養していた子規ともども二ヵ月あまり俳句に精進し、親交を深めることになる。翌九六年、熊本の第五高等学校の英語教師に転任すると、周囲の勧めもあって貴族院書記官長・中根重一《しげかず》の長女・鏡子《きようこ》と結婚をする。しかし三年目に鏡子は慣れない環境と流産のためヒステリー症が激しくなり、白川に投身を図るなど順風満帆な夫婦生活とはいかなかった。

一九〇〇年（明治三三）五月、文部省より国費留学生に選ばれ、英語・英文学研究のための英国留学を命じられる。当時の日本としては国費留学生には最大限の優遇をしていたが、当時の先進国イギリスでの生活は苦しく、シェイクスピア研究者クレイグの個人教授を受ける以外は、独学する方が効率的と判断した。留学中は苦労も成果もあったが二年間での帰国となった。世界最先端の文物に触れながら、観劇、読書、思索、書籍の収集などをおこなった結果、ほかでは得難い国際的見聞を身につけることができた。

一九〇三年（明治三六）一月の帰国後、四月には漱石は第一高等学校と東京帝国大学から講師として招かれる。東京帝大では小泉八雲の後任として教鞭を執ったが、学生からは前任者・小泉八雲の受けがよく、漱石の分析的な硬い講義は不評であった。また、当時の一高での受け持ちの生徒に藤村操《ふじむらみさお》がいたが、やる気のなさを漱石に叱責された数日後、華厳滝《けごんのたき》に入水自殺した。こうしたなか、漱石はふたたび神経衰弱になり、妻とも二ヵ月間別居する。〇四年（明治三七）には、明治大学の講師も務めた。

一九〇五年（明治三八）、『吾輩は猫である』を生前の子規から紹介のあった雑誌『ホトトギス』に発表するとたちまち好評を博して注目され始めた。さらに『倫敦塔』『坊っちゃん』と立て続けに作品を発表し、人気作家としての地位を固めてゆく。漱石の作品は世俗を忘れ、人生をゆったりと眺めようとする低徊趣味（漱石の造語）的要素が強く、当時の主流であった自然主義とは対立する余裕派と呼ばれた。しだいに漱石の下には小宮豊隆《こみやとよたか》や鈴木三重吉《すずきみえきち》・森田草平《もりたそうへい》などが出入りし始め、「木曜会」が形成されると、内田百閒《うちだひゃっけん》・野《の》上《がみ》豊一郎、さらにのちの新思潮派につながる芥川龍之介や久米正雄といった小説家のほか、寺田寅彦《てらだとらひこ》・阿部次郎・安倍能成《あべよししげ》などの学者たちも参集するようになっていった。

一九〇七年（明治四〇）二月、一切の教職を辞し、池辺三山《いけべさんざん》に請われて朝日新聞社に入社する。本格的に職業作家としての道を歩み始め『虞美人草』の連載を開始した。〇九年、親友だった満鉄総裁・中村是公の招きで満州・朝鮮を旅行し、朝日新聞に『満韓ところどころ』として連載される。

一九一〇年（明治四三）六月、『三四郎』『それから』に続く前期三部作の三作目にあたる『門』を執筆中に胃潰瘍で長与胃腸病院に入院する。同年八月、伊豆の修善寺に転地療養するが、そこで大吐血を起こして危篤状態に陥る。漱石は生来、酒は飲めなかったが、胃弱であるにもかかわらずビフテキや中華料理などの脂っこい食事を好み、大の甘党であったことも胃に負担をかけていた。

なんとか容態が落ちつくと、執筆や講演活動などを再開するが、通院、入院、手術を繰り返す。その間、人間のエゴイズムを追い求めていき、後期三部作と呼ばれる『彼岸過迄』『行人』『こゝろ』を書き上げていった。一九一六年（大正五）一二月九日、大きな内出血を起こし『明暗』執筆途中に死去すると、そのニュースは大きく報じられた（四九歳一〇ヵ月）。翌日、遺体は東京帝国大学医学部において解剖され、摘出された脳と胃は献体として寄贈された。

漱石は理系人間？　いや万能人

「文豪・漱石」といわれるが、漱石の関心と才能は「偉大なる文士」という範疇をはるかに超えており、自然科学、社会科学、哲学、芸術に通じ、そして後世を見据えた思想家でもあった。理系・文系にわたる才人で、たまたま職業に選んだのは文士であったが、最初はむしろ医者や建築家を志望していた。学生時代から寄席、ボート、器械体操などの娯楽やスポーツを楽しみながら学業は優秀と、活動的でかつマルチであった。彼が大学予備門の学生で一七歳であったときの学業成績を見ると次の通りである（一〇〇を満点とする）。

和漢文：五九・〇　英文解釈：六六・〇　英文法作文：七五・五
日本歴史：七五・〇　支那歴史：六八・〇　和漢作文：七〇・五
代数学：七八・九　幾何学：八六・九　地文学（地学・物理）：七三・〇
修身：七七・五　体操：七八・一

平均点：七三・五

漱石の成績は全般に優秀であったが、文系よりむしろ理系科目の方がさらに得意だったのである。二〇一九年に、当時一高で論理学を教えていた松本源太郎教授のえんま帳（教師が生徒の成績を記録した手帳）が見つかり、漱石は論理学でもクラス一番であったことが証明されている。代数学や幾何学などもよくできたので、漱石自身だけでなく、周囲の学友たちも大方、漱石は理系に進むと予想していた。

漱石は最初のうちは真剣に建築家を志望していたが、結局、当時の日本の経済水準からして、立派な建築の需要など期待できないと諦めて文学を志すことになった。ちなみに鏡子の妹である時子の夫・鈴木禎次は東京帝大の建築学科を出て、日本橋一帯の三井系建築を手掛けたが、彼は本来、文学志望だったというから、皮肉なものである。文学の道に入ってからも、漱石の理系的指向はいろいろな場面に発揮されている。ロンドン留学から帰って一高の英文学講師になったとき、漱石が用いた教科書は“Science and Technical Reader”という本で、およそ文系とは思えない書であった。さらに渾身の著作『文学論』はいろいろな文学から引例しているものの、その切り口・書き方は「文学を科学的に分析」しようとするものだったために極めて難解であり、学内でも世間でも全く不評であった。

小説でも初期の作品、『吾輩は猫である』や『三四郎』には科学的法則や科学的実験がふんだんに出てくるが、それは物理学に進んだ愛弟子の寺田寅彦をモデルにしたり、彼から聞いた知識を大いに利用したりしている。

漱石の作品群

誰からも知られ関心を持たれる漱石の小説は、時期的にも内容的にも三期に分けられる。
①ロンドンから帰国して一高や帝大の講師として勤めながら、一九〇三〜〇六年に書かれた作品（『吾輩は猫である』『坊っちゃん』『草枕』『二百十日』『野分』など）
②朝日新聞社に入社してから修善寺の大患までの一九〇七〜一〇年に書かれた作品（『虞美人草』『三四郎』『門』『坑夫』『それから』など）
③修善寺の大患から没年まで一九一一〜一六年に書かれた作品（『彼岸過迄』『行人』『こゝろ』『道草』『明暗』など）
という分類である。

漱石が名を上げた処女作が『吾輩は猫である』だが、これが実は内容を理解するのに最も難しい作品である。ストーリー性が乏しいかわりに科学的蘊蓄《うんちく》が随所に披瀝されているからだ。『草枕』もストーリー性は淡いかわりに抽象的観念が主体となっている。『坊っちゃん』『二百十日』『野分』は読みやすく、これらの作品で漱石はすでに有力作家として認められていたため、朝日新聞社が熱心に勧誘したのである。一九〇七年朝日新聞社入社後の作品は新聞連載を前提としていたので、ストーリー性と通俗性は持つものの、漱石の深い蘊蓄が注がれている。ただし一九一〇年の修善寺の大患を境に、作品が内省的になっているという指摘は多い。

ここで重要なことは、漱石には小説以外の作品も多く、内容が豊かなことである。「日記」「断片」「講演」「書簡」などで、これらからより幅広く、奥深く漱石を見ることができるため、当然目を通さなければならない作品といえよう。

第一章　活発に旅した学生時代

学生時代は旅好きだった

さて、漱石の学生時代というと、大学予備門（のちの第一高等学校）に入学した一八八四年（明治一七）から帝国大学文科大学英文学科を卒業する一八九三年（明治二六）にわたるが、ほぼ毎年のように夏休み中に旅行をしている。

・一八八七年（明治二〇）中村是公らと富士登山。
・一八八九年（明治二二）兄の和三郎とともに十数日間、興津《おきつ》に滞在。
・一八八九年（明治二二）さらに学友四、五人と約一ヵ月間房総を旅行。
・一八九〇年（明治二三）二〇日間箱根に滞在。
・一八九一年（明治二四）中村是公、山川信次郎と富士登山。
・一八九二年（明治二五）子規とともに京都、堺、岡山、松山と周遊。
・一八九四年（明治二七）伊香保、そして松島を旅行。

晩年の漱石からは信じられないくらい活動的で旅行好きであったのだ。なんと富士山には親友の中村是公と一緒に、二回も登っている。決して身体頑健ではなかったが、漱石には高地順化も体力も問題なく、活発だったことがよくわかる。

漱石のこれらの旅行を見通すと、いずれも鉄道が新たに開業した区間に着目して、初乗り的に出かけている点が興味深い。当時の日本では各地で幹線鉄道がさかんに延伸工事をおこなっていたが、どの路線も起点から終点まで一度に全通することはなく、区間ごとに部分開通を積み上げて、最終的に全通するといったステップを踏んだ。日本で最も重要な路線の一つである東海道線においては、一八八七年に横浜〜国府津《こうづ》間の延伸がなされて、国府津という富士山に近いところまで汽車で行けるようになった。さらに八九年に国府津〜浜松間、長岡〜馬場間がつながって全通し、漱石の興津旅行はさっそくこの恩典を活用した。九〇年の箱根滞在、九一年の二回目の富士登山は御殿場駅を利用して箱根や富士へのアクセスができたからである。

初期の列車（吉川文雄氏提供）

一八九二年の子規と同道した遠距離旅行も、前年の九一年に当時の山陽鉄道（現在の山陽本線）が西に向けて尾道まで開業したばかりだったのをうまく活用したことになる。

一八九四年の伊香保、松島旅行に関しても八四年に日本鉄道が上野〜前橋間（現在の高崎線と両毛線）を開業していて、もう伊香保には近かったし、同じく九〇年には日本鉄道が松島駅（現在の東北本線）を開業していたため、汽車で十分行けたのである。この伊香保行きについて、表向きは療養のためということであったが、前橋に帰省中の友人・小屋《こや》保治《やすじ》と会うためであった。この小屋保治と結婚する大塚楠緒子《くすおこ》という女性に漱石は密かに想いを寄せていたとする説がある。現に一八九五年にあった両人の結婚式に漱石は出席しているが、この失恋によって同年、漱石が東京高等師範講師を辞して松山中学教師として赴任したのだという人もいる。

　このころ、漱石らの乗った客車はすべて木造客車で、しかもまず間違いなく二軸単車であった。彼らが乗った三等車は扉がやたらと多く、それぞれの扉から入ると仕切られた車室では、進行方向に対して直角に板張りの座席が置かれ、背もたれから上の部分は壁がなく一車両の長さに空間が繋がっていた。いわゆる粗末で狭苦しい木張りの個室で、乗降は停車時のみ駅員が開閉する扉でおこない、走行中は施錠されていた。こういう客車を牽引する蒸気機関車は現在よりずっと小ぶりの二動輪であったはずだ。トイレはないので駅に到着した際に用足しするしかなく、快適にはほど遠かった。なお当時の主要路線ごとに所要時間などを調べてみると表のようになる。

　距離を駅での停車時間を含めた所要時間で割った表定速度を見ると概して似通っていて、およそ時速三〇キロ程度となるが、なんでも先進的な山陽鉄道が官鉄や日本鉄道より一〇～二〇%方速かった。この時代は幹線といえども線路はほとんど単線で、上下列車はどこ

漱石が乗った開通したての鉄道

年	区間	会社	距離	所要時間	表定速度
1887	新橋～国府津	官鉄	76km	2時間45分	28km/h
1889	新橋～興津	官鉄	174km	5時間38分	31km/h
1891	新橋～御殿場	官鉄	111km	3時間42分	30km/h
1892	新橋～神戸	官鉄	590km	18時間52分	31km/h
1892	神戸～岡山	山陽鉄道	148km	4時間17分	35km/h
1894	上野～仙台	日本鉄道	352km	12時間12分	29km/h

かの駅で待ち合わせて、すれ違うしかなかったし、信号設備も幼稚であったこともスピードに対する大きな制約となっていた。

これらの汽車旅で漱石が向かった先で、なぜか？　と思わせるのは興津であろう。すぐ上の兄・和三郎が一時病気になり、回復ののち、温暖な地に静養に行くことになって、漱石も付き添っていったのが興津であった。

東海道の宿場町として栄え、三保《みほ》の松原が近く、富士を間近に仰ぎ、海の幸が豊富な興津は、明治の元老・伊藤博文、井上馨《かおる》、松方正義、西園寺公望《きんもち》らが別荘を構えており、当時は有名な風光明媚の地であった。最後まで残った元老・西園寺公望は首相の任命にも大きな影響力を持っていたため、彼の別荘であった「坐漁荘《ざぎょそう》」には大正・昭和初期まで、政治家や新聞記者が押し寄せ「興津詣で」と呼ばれた。しかし現在の興津は観光地としてはやや忘れられているようだ。

房総の旅は蒸気船と徒歩だった

漱石の学生時代の旅行のなかで、もっとも異色で注目されるのが一八八九年夏の友人らと行った房総旅行である。その行程は漱石が漢文体で綴った『木屑録《ぼくせつろく》』にしか残されていない。現代の人々は漢文にはお手上げであるが、幸い現代語訳が『漱石の夏やすみ』(高島俊男、朔北社、二〇〇〇年)に収められており、それに依拠して読み解かせてもらった。

漱石は中学校までは漢文教育を受けていたが、大学予備門の入学試験には英語の配点の方がずっと高かったし、建築や英文学への関心が高かった漱石は、漢文より英語の方をずっと重視するようになった。そんな漱石が半ば戯れにこの『木屑録』を書いたのは子規に見せるためであったようだ。子規は漱石と違って数学や英語には弱かったが、漢文、和文、和歌、俳句に造詣が深く、なんでも自分が主役となって取りしきる親分願望が強かった。漱石はこんな彼我の強弱を十分知りつつ、子規から学ぶべきところは学ぼうとしたのである。

『木屑録』の冒頭にこの旅行の骨格が述べられている。

一昨明治二十年、傘をかついで富士登山と出かけた。(中略)

今年の七月すぐ上の兄貴と、こんどは興津へ乗りこんだ。これ名にし負ふ東海の景勝、十数日間滞在したが、毎日ぶらぶらなんにもせず、やつぱり作品はつくれなかつた。（中略）

この八月にはまたしても、船に打ち乗り房州に旅し、鋸山にのぼつて両総をあるき、利根川をさかのぼつて東京にもどつた。旅は前後三十日、行程無慮九十餘里なり。

帰つてからは毎日雨だ。外にも出られずこもりきり。思ひ出すのは旅中のこと、愉快だつたもつらかつたも、今となつてはなつかしい。さればとやをら筆とりあげて、書いてみたらばなかなかの分量。（中略）

加へてこれはひまつぶしの産物、ダラダラゴチヤゴチヤは従前どほり。これを木屑と命名せしは、お粗末無用のものたることを、ことさら表明するためである。

今でこそ房総半島はたいへん便利になり、東京駅からJRの特急電車に乗れば迅速・快適に目的地に着く。しかし振り返ると、千葉県内の鉄道敷設は遅れていて、漱石が旅した一八八九年（明治二二）当時、千葉県内には一本のレールも敷かれていなかったのである。房総半島では沿岸航路や内陸水運がかなり発達していたので鉄道は後回しになったらしい。さっそく漱石らの行程を追ってみよう。まずは東京の霊岸島から船便で東京湾の内房に沿って保田《ほた》まで下った。ほとんどの乗客は船酔いに苦しみ、漱石は最もひどかった。

我輩旅に出たのは八月七日だ。この日はわけても風つよく、乗客はみな船酔ひかげん、起きあがりもならぬありさまだ。しかるにここに女が三人、甲板にすわつて平然談笑。堂々たる男子が女におよばぬではなさけなしと、おれは無理して四角四面、手すりによりて端坐しありたり。しかること久しうして、風波あひたたかふのさま見たくなり、おぼつかなくも立ちあがつた。そこへいきなり大波来たり、舟はひつくりかへるほどにかたむいた。おれは空をふんでよろめいた。よろけたところへ突風が来て、頭の帽子を吹きとばした。あれよと見れば帽子は飛んで水におち、しぶきのなかでぐるぐるまはる。乗客みな手を打ち叩いて大笑爆笑。かの三人の女もアッハッハと、我輩の失態をあざけるごとし。いやはや身のちぢむ思ひでござんしたよ。

東京湾内の船運は江戸時代から盛んで、コハダ、メゴチ、穴子、キス、アサリなど江戸前寿司のネタになる海産物は内房総や三浦半島から江戸に船で運ばれていた。明治に入ると従来の手漕舟や帆かけ舟に混じって蒸気船が登場して、海産物以外の物資や旅客も運ぶようになる。そこには多くの船会社が参入して東京湾内航を競い、霊岸島から浦賀、三崎、金谷《かなや》、保田、館山《たてやま》などに運航していた。

　保田では漱石は毎日飽きるほど泳ぎ、浜辺に寝転がって肌を焼いた。あの大文豪も青年時代は活発で、決して青白い秀才ではなく器械体操などの運動は得意であった。きっと全身紫外線に焼かれてコーヒー色に染まったであろう漱石のふんどし姿は想像するだけでもほほえましい。ところが夜になると、一緒に行った仲間は、痛飲、高歌放吟《こうかほうぎん》、囲碁、花札などに時間を費やすので、中身の濃い歓談や読書や沈思黙考がしたかった天才肌の漱石は、この雰囲気に辟易している。もっとも仲間が凡人過ぎたのではなく漱石が変人過ぎたというべきであろう。一緒に行った四人のなかで、『木屑録』に名が出てくるのは、川関治恕と井原市次郎《いはらいちじろう》の二人で、どちらも慶應義塾の塾生であったから他の二人も多分そうであろう。そうなると漱石とは大学予備門を目指す予備校・成立学舎あたりで知り合ったが、大学予備門は不合格になった連中だったのではなかろうか。

　房総半島の南部は山がちで、漱石は有名な鋸山《のこぎりやま》にも登って、この荒々しい地形に強く印象付けられたようだ。興津の景観は優美で南房総とは対照的であった。長期滞在した保田から銚子を目指す際は、館山や白浜などの房総半島の突端部には行かず、丘陵地帯をショートカットして外房の安房鴨川に出たようだ。そこから海沿いを約一〇キロ東で小湊《こみなと》に達し、鯛の浦では舟を出して豪快な鯛の乱舞を見物したり、日蓮の生誕をうたう誕生寺では、漱石は所蔵された日蓮自筆の書画などに見入っている。小湊からは山の迫る海沿いの一本道で上総興津、勝浦と進むが、そこから茂原《もばら》までは大原、上総一宮を通る海沿いの道と、大多喜《おおたき》、長南《ちょうなん》を通る内陸の道との選択肢がある。決め手はないが、多分歩行に楽な海沿いを行ったのであろう。上総一宮からは左方から海岸に迫っていた山は大きく後退して平野が開ける。そうなると道路は荒漠たる太平洋の荒波に面する海岸地帯を避けて内陸へ避難する形になる。大網《おおあみ》、東金《とうがね》、成東《なるとう》、八日市場と海岸線から約一〇キロ離れて並行しつつ銚子に向かっている。この小湊〜銚子に至る約一〇〇キロのルートは現在の国道や鉄道とほとんど同じである。

『木屑録』によって、学生時代の漱石は晩年の挙動からは想像できないほどの積極性と行動力を持ち合わせ、身体も頑健だったことがわかる。この房総旅行の二年前の一八八七年にも、下宿仲間の七人で江の島まで一泊二日の徒歩旅行を敢行していたことが、二〇年以上経った一九〇九年に書かれた『満韓ところどころ』で次のように開陳されていた。

明治二十年の頃だったと思う。同じ下宿にごろごろしていた連中が七人ほど、江の島まで日着日帰りの遠足をやった事がある。赤毛布《(あかげっと)》を背負って弁当をぶら下げて、懐中にはおのおの二十銭ずつ持って、そうして夜の十時頃までかかって、ようやく江の島のこっち側まで着いた事は着いたが、思い切って海を渡るものは誰もなかった。申し合せたように毛布《けっと》に包まって砂浜の上に寝た。夜中に眼が覚めると、ぽつりぽつりと雨が顔へあたっていた。（中略）七人はそれで江の島へ渡った。その時夜明けの風が島を繞《めぐ》って、山にはびこる樹がさあと靡《なび》いた。すると余の傍に立っていた是公が何と思ったものか、急にどうだ、あの樹を見ろ、戦々兢々としているじゃないかと云った。

（『満韓ところどころ』十二）

東京～江の島間の片道六〇キロを一日で歩き、夜は宿代を倹約するため砂浜に野宿する。翌日は江の島見物をして帰京したのである。このエネルギーをもってすれば保田から銚子までの一〇〇キロ強を数日かけて歩くことなどまったく問題なかったであろう。それにしてもあの大文豪が青年時代はとても元気で活発だったのだ。このように漱石は徒歩で富士山に登り、江の島往復をやり、そして今回房総半島縦断をおこなっている。そうすると漱石の旅した乗り物には思わず「草鞋《わらじ》」を入れたくなってしまう。人力車夫を筆頭に当時の人々は現代人よりずっと健脚だったのだ。

　漱石たちは銚子で宿泊したのちに内陸水運を利用して、利根川そして江戸川と蒸気船で進み、途中は、香取、佐原、野田など川べりの旅館に泊まりながら、数日かけた帰路であった。江戸川を下って東京湾に出る手前の行徳《ぎようとく》の辺りで直角に右折して、新川、小名木《おなぎ》川《がわ》を辿って東京に戻ったと推測される。

『木屑録』には沿岸で宿泊した宿屋などの光景が描かれており、その記述からは長く東京を離れて、都の隅田川が懐かしく、いとしく思い出されている様子がうかがえる。

舟をやとうて利根川をさかのぼる。舟中子規子ちゃんの夢を見る。子規子ちゃんとは女の名なれど実は男なり。

舟はゆくゆく土手ぞひに
秋の気配の岸の草
旅の愁ひはどうともならぬ
白い浮草子規の夢

あけがた、舟が三堀についた。飯屋にあがつて（中略）
久しく会はぬ東京の友人たちを思つて

思ひははるか隅田川
川べりのやど柳の枝よ
さびしい酒はさめるも早く
悲しみの詩はできるがおそい
枕辺の灯に蛾はむらがつて
月も見えねばあしたは雨か
都の友たち錦の紙に
断腸の詩を書きをるなるべし

東京を巡る船運と蒸気船の登場

当時、東京湾内の船運には蒸気船が進出し、外輪船もスクリュー船もあった。しかし中小の船会社が乱立していては東京湾船運の過当競争は避けられないと、渋沢栄一ら財界人の斡旋で、一八八九年（明治二二）にこれらが統合されて東京湾汽船株式会社が設立され、運航を統一した。航路は東京湾内だけでなく、湾外の外房、伊豆半島、伊豆大島、いわき、宮古などにも延伸されていった。

房総半島では古くから東京湾岸の内房に人口が集まり、外房は過疎地帯であったが、銚

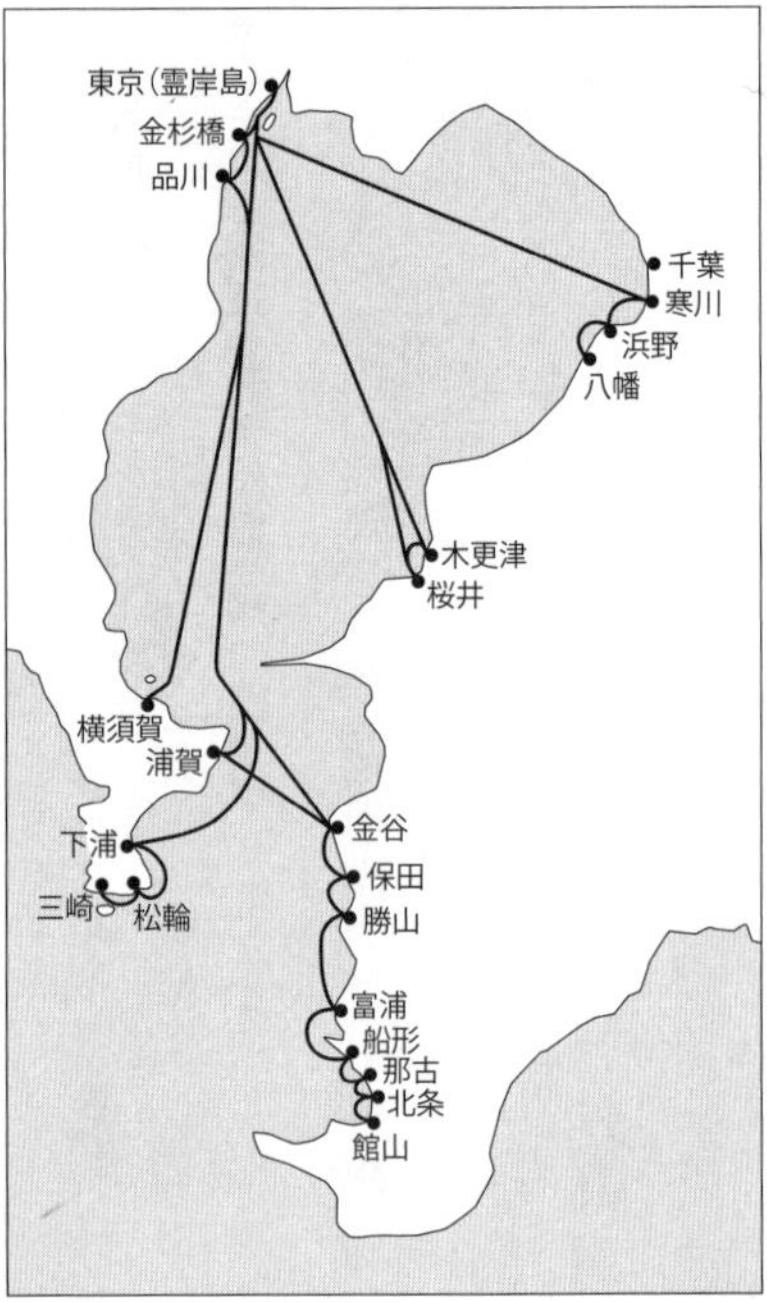

東京湾航路地図

子だけは利根川河口に位置し、漁業や醸造業で街を形成していた。沿海航路という観点では、東京湾を出ると相模湾沖を西に向かう船もあれば外房沿いに北上する船もあり、江戸時代には「廻船航路地図」のように本州の沿岸を全周する航路ができあがっていた。一方、日本の大きな河川や湖沼では内陸水運がおこなわれていたが、日本最大の関東平野では漱石らの旅した利根川、江戸川だけでなく、荒川、渡良瀬川、鬼怒川、霞ヶ浦などもそのネットワークに組み込まれていた。それらによって、銚子の海産物、野田の醤油、印旛沼一帯の薪炭《しんたん》などを江戸に運ぶ帰り船に醤油の空き樽、醤油の原料となる小麦・大豆・塩、漁網の材料となる麻などを積んだ。また、時化《しけ》の時は沿岸航路にかわって内陸水運を使った。

ここでは利根川と江戸川の関係が非常に重要である。江戸初期には、現在の利根川を流れる水量の大半は江戸川に注がれ東京湾へと流れていたため、江戸川は利根川より大河だったし、大規模な洪水を起こしやすく江戸の治水上の大問題でもあった。そこで、江戸川と利根川の合流点にある関宿《せきやど》（現在の野田市関宿）において、それまで江戸川に流れていた水量の過半を利根川の方に流し込む工事を、江戸時代前半におこなった。これは「利根川の東遷」と呼ばれている。ただ両河川の分流地点である関宿の辺りは水流が複雑で、常に変化するため、水先案内を必要とした。それを避け、さらにショートカットするために一八九〇年（明治二三）にはオランダ人技師の指導の下に「利根運河」が開通した。これによって銚子～東京間の距離は約四〇キロも短縮され、航行もより安全になった。ただし漱石の房総旅行は一八八九年（明治二二）におこなわれており、残念ながら利根運河は完成直前であった。このような関東の内陸水運で主体となったのが、内国通運株式会社（のちの日本通運）で、東の水運を担うために内陸水運に適した外輪船を「通運丸」シリーズとして整備していった。

沿岸水運においても内陸水運においても、時代はもう蒸気船の時代に入り、これらは一八七八年（明治一一）以降、主に石川島平野造船所（現ＩＨＩの前身）で建造された。当時、蒸気船の建造に必要な木材こそ国内で十分調達できたが、鉄材は輸入に頼るしかなかった。

廻船航路地図

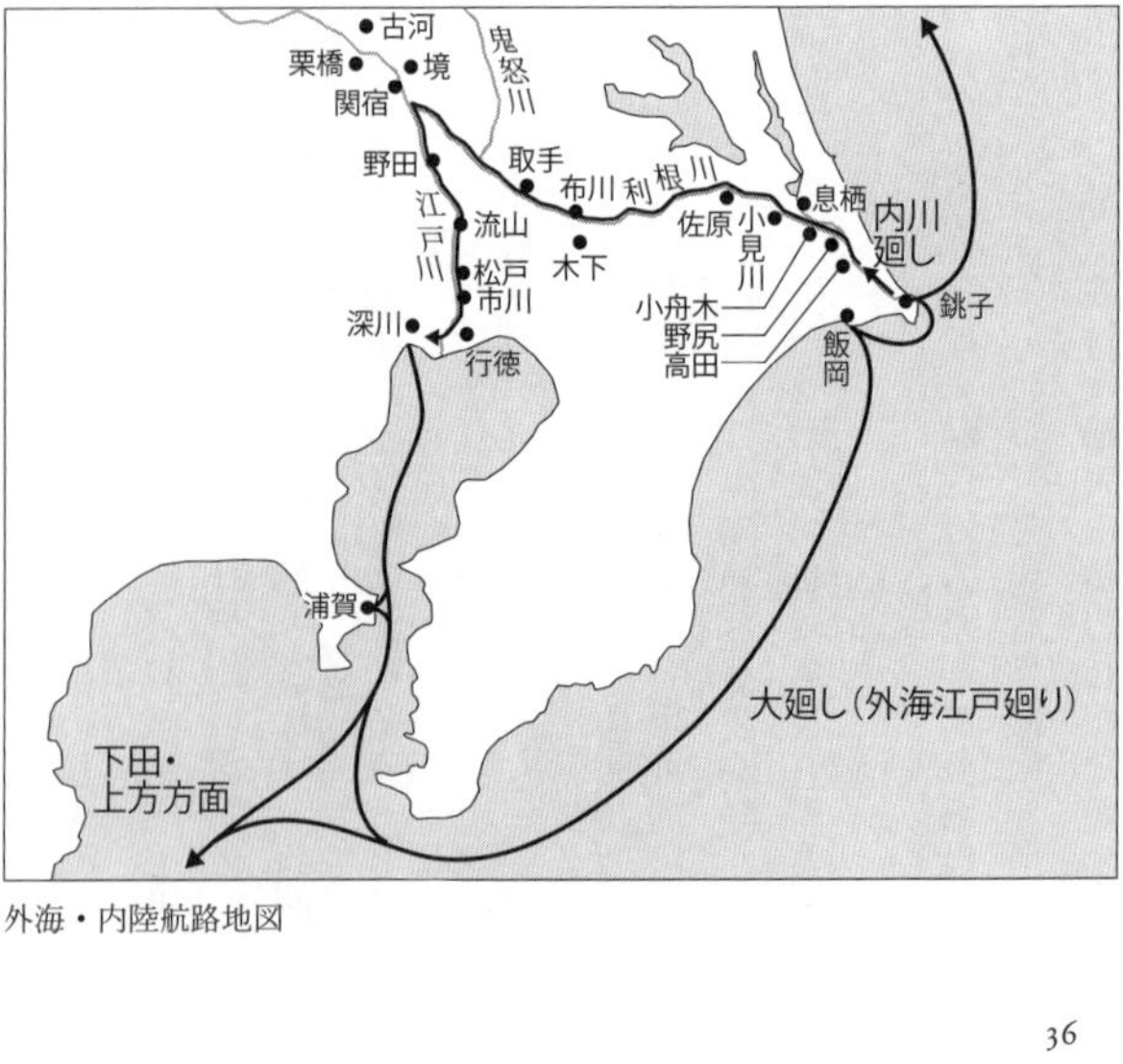

外海・内陸航路地図

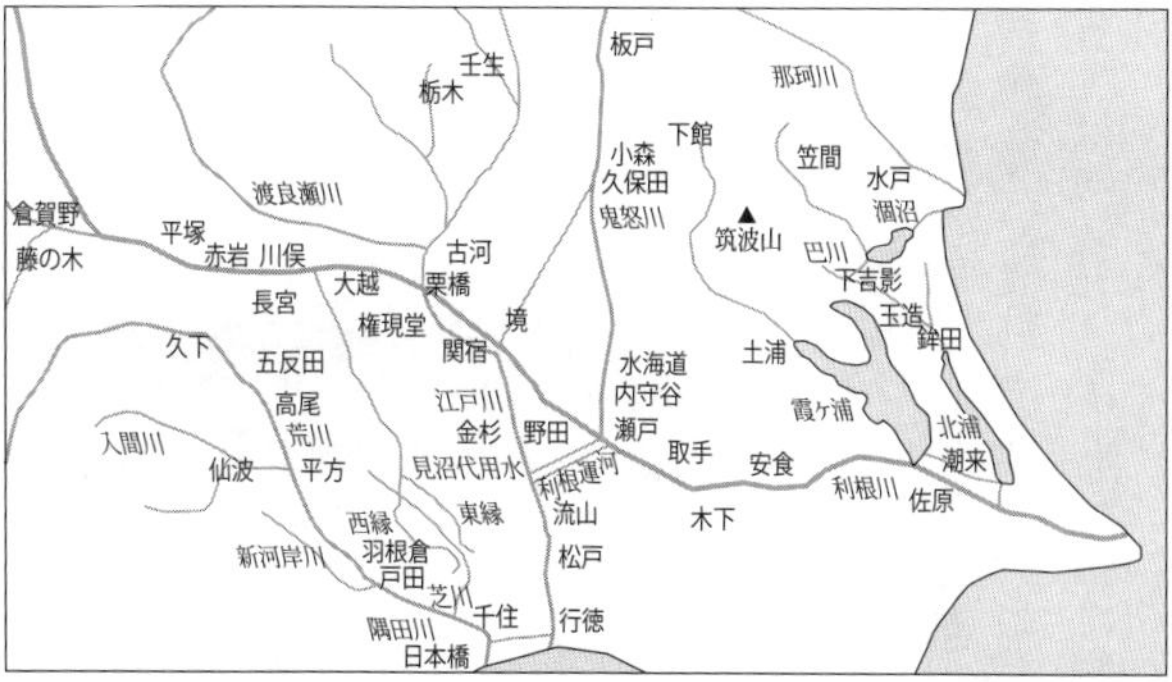

「利根川の東遷」後の水運

肝心の蒸気エンジンはどのように造ったか、日本の機械工学史では、大変興味を引くテーマである。本書ではその技術の詳細には触れないが、写真を掲載するので、その雰囲気を味わってほしい。

さて、蒸気機関は最初、上下運動しかできなかったが、一七七〇年代にジェームス・ワットが回転運動できるように改良した。これによってイギリスでは炭鉱や紡績などの動力源に使われ、アメリカでは一八〇七年にロバート・フルトンがこれを外輪船の動力源に使ってハドソン川で走らせた。一九年には帆船に七二馬力の蒸気機関を載せた「サヴァンナ号」が大西洋を横断した。三〇年にイギリスで世界初の商業鉄道が開通するより大分前から、堂々とした蒸気船が実用化されていたのである。それは船舶用のボイラーやシリンダー・ピストンの方が大型ではあるが、低速回転ですむため、その構造も蒸気機関車用のものより単純であっ

通快丸（上・東海汽船提供）、通運丸（下・松戸市戸定歴史館提供）

たことを要因とした。日本でも、一八七二年に初めて「陸蒸気《おかじょうき》」という汽車を見るよりずっと前の一八五〇年代に「蒸気船」という列強の黒船が来航していたのである。

黒船に危機感を抱いた幕府は一八四三年に、オランダ商館長に蒸気船を長崎で建造したいが可能かと、問い合わせている。薩摩藩の島津斉《なり》彬《あきら》は四八年にオランダ人の書いた技術書を入手し、蘭学者の箕作阮《みつくりげん》甫《ぼ》に『水蒸船説略』として翻訳させた。五一年に薩摩藩支配下の琉球へ帰着したジョン万次郎から、藩士や船大工が聞き出して、模型船を製作し、洋式船の操縦術も学んだ。この情報を基に設計・建造したのが「越通船《おつとせん》」と呼ばれる小型木造帆船で、二本マストを持ち、長さは約一五メートル、幅は約三メートルであった。構造は和洋折衷で、西洋風に船体を肋材で強化されている一方、甲板や舵は和船式であった。完成した三隻は近海で試走したあと、五四年に江戸へと回航された。しかし蒸気船の心臓部である蒸気エンジンの製造は最も難しく、薩摩藩ではさらなる研究と試作が続けられたし、さらに鍋島藩や宇和島藩でも蒸気船の製造に邁進した。

ただし蒸気船の本格的製造は、明治維新以降、前述の石川島造船所のほか、横須賀や長崎で始まり発展していったのである。

こんな道路を漱石は歩いた

日本の道路を見ると、江戸時代は幕府の政策で車が通れぬ貧弱なものばかりであったが、明治に入り道路も多少改良され、路線馬車も通うようになると、陸運のために旧来の飛脚問屋を保護・育成して「内国通運」を設立し、そこに前述したように、内陸水運も任せるようになった。

漱石たちの歩いた保田から銚子までの道路や房総半島の道路はどんな状態であったのであろうか。それは古代や中世、近世、そして明治に入ってから、中央の都、すなわち奈良、京都、鎌倉、江戸とその時々にかわる中央政府が、日本全体の道路行政をどう考えていたかを反映している。

「房総地方街道地図」は房総半島における古代の道路と江戸時代の道路を比較対照したも

ので、じっくり見ていただきたい。

奈良時代・平安時代という古代律令国家の時代は中央政府による全国平定・全国支配が強く意識されていたため、奈良ないし京都という都から全国への連絡道路は思いのほかよく整備されたのである。東海道・東山道・北陸道・山陰道・山陽道・南海道・西海道の七《しち》道《どう》が幹線として建設され、そこからわかれる支線として陸奥路・出羽路・東山連絡路・房総路・甲斐路・北陸連絡路・飛驒路・志摩路・伊賀路・能登路・若狭路・丹後《たんご》但馬《たじま》路・美《み》作《さか》路・土佐路など多くの道路が造られた。遠い東北地方に対しては平泉や酒田辺りが北限であったが、南は鹿児島まで十分カバーしていた。

ここを軍隊、物資、旅人が通るのであるから、道中休んだり、馬を交替させたりする駅が一定間隔で配置され、七道の総延長は六四〇〇キロ、駅数四〇〇を数えた。しかも律令国家は権威にもこだわったので、道幅は一二メートルもあり、しかもできるだけまっすぐなルートを辿っていたのである。すなわちこのころの道路は広くまっすぐで、かえって今日のハイウェイに近かったのである。しかし山を切り開き谷を埋めて造った道路は、当時の経済力・土木力から見てもその維持・補修が大変であった。

鎌倉時代（中世）に入り、武家勢力が群雄割拠するようになると、もっと現実的に道路を考えるようになった。律令時代の大げさな道路はしだいに放置され、新たに日常生活、日常経済に密接するもっと身近で使いやすい街道へと変容していったのである。道路の総延長は延び、宿駅も充実してきたが、馬車の交通は対象外となり道幅は狭くなった。

房総半島を見ると、京都に都があった「五《ご》畿《き》七道《しちどう》」時代は武蔵国の府中で東海道からわ

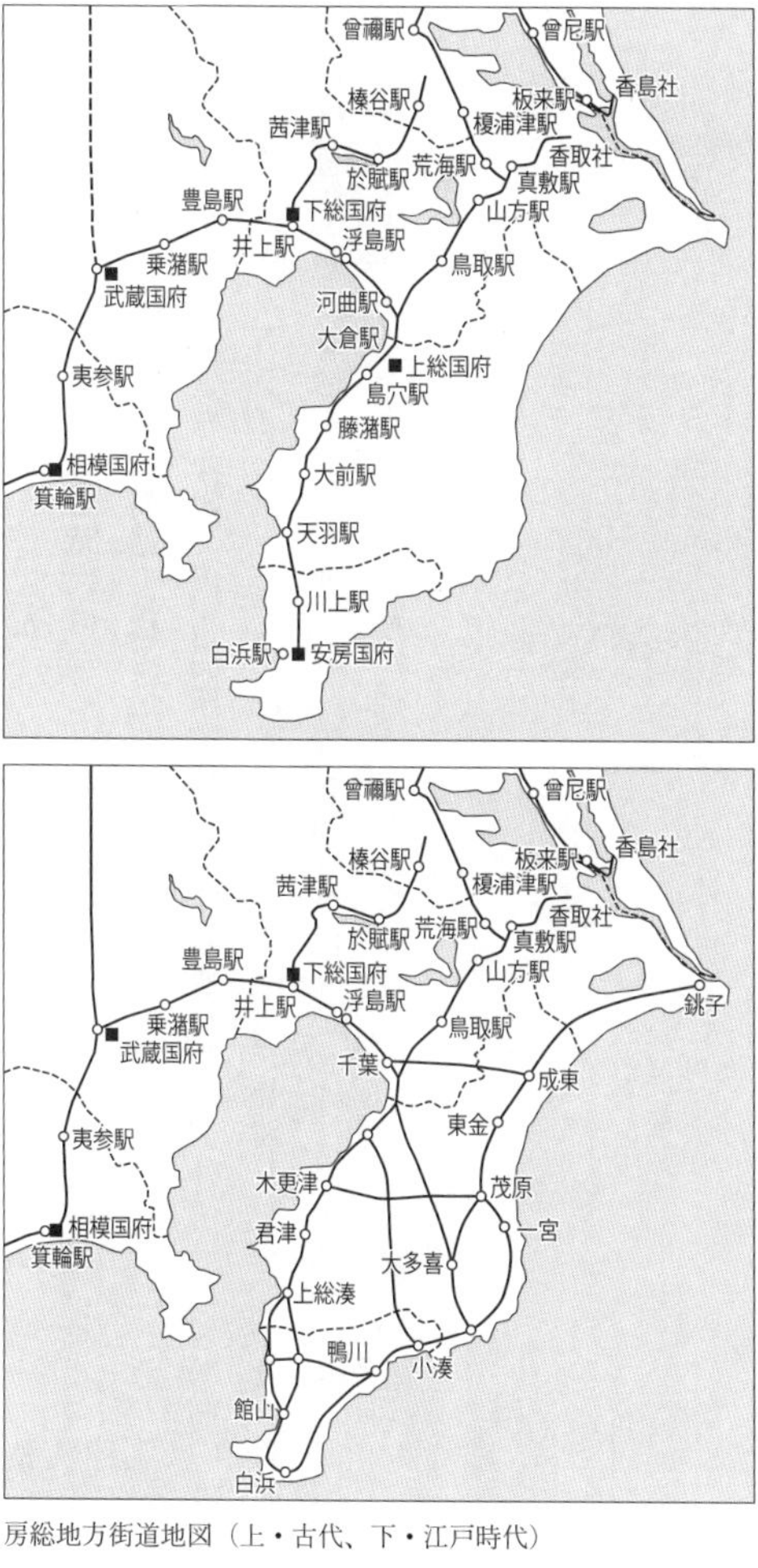

房総地方街道地図（上・古代、下・江戸時代）

かれ、房総路として東京湾沿岸に沿って南下し安房鴨川に達するものが、唯一の整備された道路であった。それが鎌倉時代になると、内房地帯は都・鎌倉から近いので、浦賀から舟で木更津や上総湊に渡る航路も組み込まれて、房総路に繋がるようになった。江戸時代になって江戸が首都となると、内房沿岸道路こそ整備されたが、外房沿岸と半島内陸部の道路整備は大きく遅れていた。ただし内陸水運と沿岸航路が発達した房総では、町村と湊や河岸を結ぶ短距離の道路が必要となって整備された。そして江戸末期から明治前半にかけてはなんとか房総半島全体に道路が通うようになった。漱石が通ったのはまさにこんな時代の道路であった。

第二章　松山時代・熊本時代の旅行

松山も熊本も遠かった

　学生時代の青春を謳歌した漱石は、帝国大学・英文学科を卒業し、一年間東京高等師範の講師を務めたあと、一八九五年（明治二八）四月に愛媛県尋常中学校（松山中学）の英語教師に赴任する。『坊っちゃん』が書かれたのは一九〇六年のことで一一年後ではあるが、当然漱石自身の体験を投影している。しかし『坊っちゃん』では新橋を出発してからすぐ船が松山沖の三津浜に停泊し、艀《はしけ》で人の下船や荷降ろしをするシーンになるので、そこまで漱石がどのように行ったのかは推測するしかない。

　新橋から汽車でどこまで行って、汽船に乗り換えたのか。東京〜神戸間の東海道線は一八八九年（明治二二）に全通し、山陽鉄道も神戸から広島までは九四年に開通していた。広島まで汽車で行き、広島港から三津浜へ渡ることが考えられるが、汽車は神戸までにして神戸港から瀬戸内航路で西に向かい、三津浜で降りた可能性もある。

　一八九五年当時の東海道線では、新橋を午前一一時四五分発の列車に乗れば、神戸着は翌朝の六時五五分である。山陽鉄道の朝七時二五分発にはちょうど三〇分で乗り継ぎができてきわめて都合がよい。その列車に乗れば広島着は一七時〇五分。広島で一泊して翌日に広島港から三津浜に向かえば五時間程度で到着できそうだ（現在のこの航路のフェリーの所要時間は二時間四〇分）。一方、神戸で汽車を降りて、神戸港から三津浜へは一五時間あれば十分着くだろう（現在の神戸から三津浜への所要時間は七時間）。

漱石が乗った列車は機関車も客車も学生時代と基本的に変わっておらず、客車は木造二軸単車、機関車は小型の二動輪式であった可能性が高い。それでも当時の松山中学の教師では唯一の帝大出の学士様であったから、学生時代に常用した三等車ではなく、二等車に乗れたかもしれない。その場合は向かい合ったロングシート式で、座席には布製のクッションが付いていたはずである。

松山郊外の三津浜は現在のように整備されておらず、大型船は接岸できなかった。そのため、艀で乗り降りした様子が子規の伝記やテレビドラマ『坂の上の雲』の映像にも出てきており、漱石の三津浜上陸も同じ風景であったはずだ。三津浜と松山のあいだは劣悪な道路しかなかったが、伊予鉄道が一八八八年（明治二一）に四国初の鉄道を開通させている。上陸した漱石が「二里ばかり」「五分ばかり」乗ったのはまさにこの地方鉄道のおもちゃのようなSL列車であった。

ぶうと云って汽船がとまると、艀が岸を離れて、漕ぎ寄せて来た。船頭は真っ裸に赤ふんどしをしめている。野蛮な所だ。尤もこの熱さでは着物はきられまい。日が強いので水がやに光る。見詰めていても眼がくらむ。事務員に聞いて見るとおれは此処へ降りるのだそうだ。見る所では大森位な漁村だ。人を馬鹿にしていらあ、こんな所に我慢が出来るものかと思ったが仕方がない。（中略）中学校はこれから汽車で二里ばかり行かなくっちゃいけないと聞いて、（中略）乗り込んで見るとマッチ箱のような汽車だ。ごろごろと五分ばかり動いたと思ったら、もう降りなければならない。道理で切符が安いと思った。たった三銭である。それから車を傭って、中学校へ来たら、もう放課後で誰も居ない。（『坊っちゃん』）

坊っちゃんが教師として落ちつくと、松山市内の移動や近くの道後温泉に行くには、SLの牽く可愛い松山軽便鉄道（七六二ミリゲージ）をよく使った。というのは、伊予鉄道が三津から松山市に運んだ客を、さらに松山市内を通って道後温泉にまで運ぶ道後鉄道が、都合よく一八九五年（明治二八）八月に開通したところであったのだ。松山市民はこの軽便鉄道を日常の足として使い出した。

道後鉄道は前述した伊予鉄道に一九〇〇年（明治三三）に吸収合併され、その後一〇六七ミリに改軌され、電化、複線化されている。なお、現在は坊っちゃんが乗った当時のSL形状をしてはいるが、実はディーゼル機関車が牽引するマッチ箱列車が復元されて、松山市内と道後温泉を結び、特に観光客の人気を博している。

学校時代から秀才で、エリート志向、上昇志向の強かった漱石にとって、地方都市の中学校の英語教師はほんの一時の腰掛けであった。だからとかく周囲を馬鹿にしたかと思うと、一方では心の安らぎも覚えていたようである。当時は希少な帝国大学出の学士先生は松山中学では唯一人、給料も八〇円と高かった。ましてや独身であった漱石に、田舎では縁談がずいぶん持ち込まれたが、漱石から見て帯に短し襷に長しだったようで、妻は東京からもらう決心をした。ちょうどそのころ送られてきた中根鏡子の写真を漱石は気に入り、もし実物がそれと違っていたら断ればよいと割り切った。そして一八九五年（明治二八）の暮れに、中根一家の居宅である虎ノ門の貴族院書記官長官舎でお見合いがおこなわれた。鏡子の父・中根重一は「なるべく東京に帰ってきて結婚するように」と希望したのに対して、漱石は「今よりはもう少しどうにかなったうえで結婚したい」と答えている。この縁談は成立し、漱石は松山に戻る。漱石とてできれば東京に戻りたかったが、

松山軽便鉄道

現実はそうはゆかず、一八九六年（明治二九）四月に月給は二〇円上がって一〇〇円となり、熊本の第五高等学校の教師へと転任した。その二ヵ月後の六月に、鏡子は父・中根重一にともなわれて熊本に行き、新居でまことに小ぢんまりとした結婚式が挙げられた。

このときの漱石の松山から熊本行きでは、山陽鉄道がまだ広島までしか開通しておらず、船で松山から門司へ、門司から熊本へは九州鉄道（現在の鹿児島本線）を使った。一方、中根重一と鏡子父娘の東京から熊本までの旅行を検証してみよう。山陽鉄道は地理的に最初から瀬戸内航路との競争に晒《さら》されていたが、四国や九州連絡に関する限り、両者は補完関係にもあった。一八九二年（明治二五）九月、山陽鉄道、大阪商船、九州鉄道の三社が連携して、尾道〜門司航路を開いた。中根父娘は東京〜神戸〜尾道を列車で、尾道〜門司をこの汽船で、門司〜熊本を列車で行ったと推測される。

このとき、どのくらい時間を要したのであろうか。東京〜神戸間の官鉄・東海道線に初めて急行列車が登場するのは一八九六年（明治二九）九月なので、残念ながら中根父娘は三ヵ月違いでこの恩恵に間に合わず、普通列車に乗ったはずである。その所要時間は二〇時間三〇分から二一時間、新橋を夕刻に出発する夜行列車であった。当時は三等級に分かれていたため、貴族院書記官長という高級キャリア官僚であった中根父娘は多分一等車に乗ったであろう。現在の如きボギー構造の客車はまだ大変珍しかったが、長距離列車の一等車はそうであったかもしれない。また日本で寝台車がはじめて登場するのは山陽鉄道であるが九九年のことなので、これにも間に合わなかった。ただ当時の客車は車幅が狭く、一等車や二等車はロングシート構造であったから、そう混雑していなければ、この上に横たわり毛布をかけて気楽に旅行することはできたはずである。

なお、山陽鉄道・大阪商船・九州鉄道の汽車・汽船接続運輸システムの広告では、「新橋〜熊本間五一時間」と宣伝しており、中根父娘の所要時間もそんな辺りであっただろう。

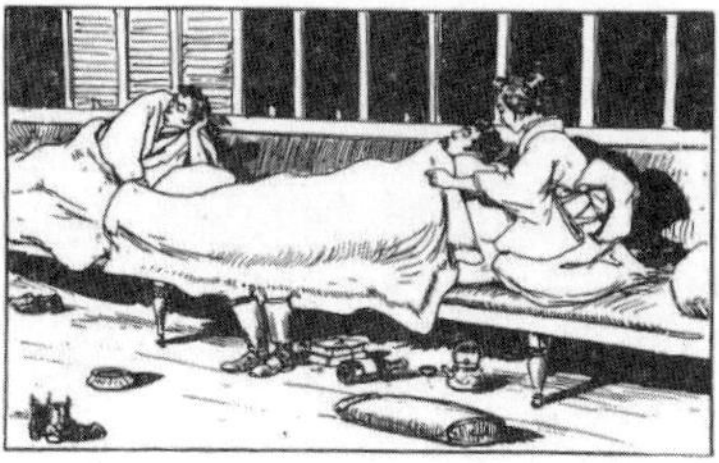

寝台車に寝そべる絵図（ビゴー画）

漱石の新婚旅行

漱石は第五高等学校教師として一八九六年（明治二九）四月に熊本に赴任、それから程ない六月九日に鏡子との結婚式を挙げて、借家での新婚生活が始まった。五高は七月一一日から二ヵ月間の夏休みに入ったが、漱石夫婦は東京には帰らず、熊本で暑い夏を過ごした。そのかわり初秋になると漱石は鏡子を連れて新婚旅行に出かけた。漱石二九歳、鏡子一九歳と一〇歳違いの夫婦である。旅程の詳細は確定できないが、福岡市にある鏡子の叔父・中根興吉宅に二泊したあと、二日市《ふつかいち》温泉、久留米市、筑後市と一泊ずつして南下し、計五泊六日で熊本に戻ったと推測される。子規に対して「旅行中に送る」と注記が付いた一〇句が残されていて、旅程を裏付ける資料となっている。

一八九六年（明治二九）当時、現在の鹿児島本線にあたるルートは、私鉄の九州鉄道により、門司〜福岡〜熊本間はすでに開通していたため、漱石夫妻は全行程をほぼ汽車で行けたのである。

行程のなかで、博多公園から香椎宮までは福岡市内であるし、天拝山《てんぱいざん》と都府楼《とふろう》は福岡のすぐ南の筑紫野市と太宰府市である。二日市温泉は筑紫野市、梅林寺《ばいりんじ》は久留米市、船後屋《ふなごや》温泉（船小屋温泉）は筑後市にある。

二日市温泉は黒田藩主も愛用する温泉であったが、一八八九年（明治二二）に二日市駅が開業すると、十数軒の旅館が立ち並ぶ県内最大の温泉観光地になった。日が暮れると温泉街は活気づき三味の音、客たちの大声、芸妓たちの嬌声《きょうせい》など入り混じって、漱石には「さんざめく」聞こえたのであろう。なおこの二日市温泉は後年、火野葦平の書いた『花と龍』にも登場する。「遠賀《おんが》川筋」といわれる石炭を港湾で扱う荷役組織の親分と子分が、若松から二日市温泉に列車で繰り出すシーンで、もう往きの列車内から酒盛りが始まるというとんでもない無礼講であった。漱石の新婚旅行はその約一〇年前になるが、二日市温泉はもう喧噪の土地柄だったのである。漱石としてはせっかく気張ったつもりであったが、連れていってもらった鏡子からは決して快適どころか「ひどく不愉快」と決めつけられてしまった。

新婚の真夏も過ぎて、九月に入ると早々一週間ばかりの予定で、いっしょに九州旅行をいたしました。福岡にいる叔父を訪ねて、筥崎八幡《はこざきはちまん》や香椎宮《かしいのみや》や大宰府《だざいふ》の天神やにお参りして、それから日奈久《ひなぐ》温泉などに行きました。いまではそんなこともありますまいが、そのころの九州の宿屋温泉宿の汚さ、夜具の襟《えり》なども垢《あか》だらけで、浴槽はぬるぬるぬるすべって、気持ちの悪いったらありません。ひどく不愉快なので、私は懲り懲りしまして、それ以来九州旅行は誘われても行く気になれませんでした。

（夏目鏡子述『漱石の思い出』）

なお文中に「日奈久温泉」とあるのは「船小屋温泉」の記憶違いである。こういうわけで鏡子は熊本時代にこれ以降の漱石の旅行には一切同行しなかった。

漱石の九州旅行

一方、漱石は出張旅行と私的旅行に数回出かけている。記録を辿って見つけられた旅行は次の通りである。

①一八九六年（明治二九）一一月、漱石に「修学旅行に付天草島原地方へ出張を命ず・第五高等学校」という辞令が出ている。
②一八九七年（明治三〇）四月に久留米市在の友人・菅虎雄《すがとらお》を見舞っている。
③一八九七年（明治三〇）一〇月、漱石に「学術研究のため福岡、佐賀両県下へ出張を命ず・第五高等学校」という辞令が出ている。
④一八九八年（明治三一）一一月には漱石に「修学旅行に付山鹿《やまが》地方へ出張を命ず・第五高等学校」という辞令が出ている。
⑤一八九九年（明治三二）漱石は元日に発って宇佐神宮〜羅漢寺〜口の林〜耶馬渓《やばけい》〜柿坂〜守実《もりざね》〜日田《ひた》〜吉井〜追分〜久留米を廻った。
⑥一八九九年（明治三二）八月から九月には山川信次郎と一緒に阿蘇山登山に向かった。

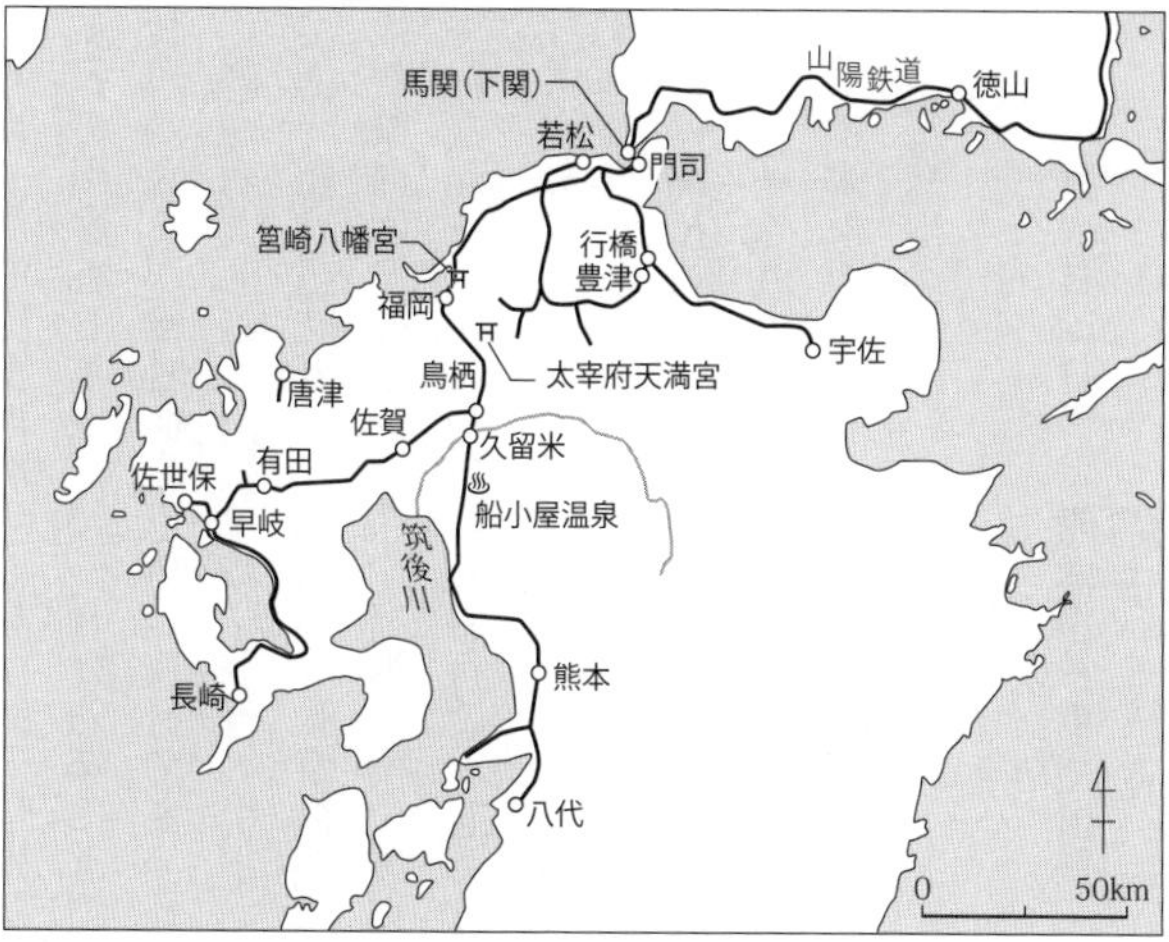

九州鉄道地図（1895年頃）

漱石が五高に赴任した①一八九六年の一一月には、早くも教師として天草・島原への修学旅行を引率することになった。教師三〇人弱と学生二〇〇人強、あわせて二三〇人強の団体旅行で、熊本駅から宇土《うと》駅まで列車で行き（九州鉄道〈現在の鹿児島本線〉は八代まで開通していた）、さらに三角《みすみ》港まで歩き、そこから船で天草島の本渡港に向かった。天草からは船で島原半島に渡って雲仙にも行き、船と徒歩で熊本に戻るという五泊六日の日程だった。当時の学生たちが書いた旅行記では、単なる見学・見物旅行ではなく、途中で軍事演習もおこなっている。それは一六三七年にこの地で天草四郎率いるキリシタンが一揆を起こして幕府軍と激しく戦った史実を再現するもので、学生が演習をして教職員は見守る形式であった。修学旅行の引率としては、④一八九八年にも山鹿地方に行っているが、この地方はまだ鉄道の敷設がなく、毎日徒歩主体の旅行であった。

③一八九七年の出張は修学旅行の引率ではなく、福岡・佐賀県下の教育行政研究のためであった。当時九州にある高等教育機関は熊本の第五高等学校のみだったため、福岡県と佐賀県の中学校のレベルや高等学校の設立の可能性などについて漱石が調査を頼まれたのではなかろうか。地方の教育行政としてはかなり重要な任務であるし、漱石がその業務をないがしろにしたとは考えにくいが、漱石自身は何の記録も残していない。以上①・③・④の三件が公用旅行で、その他三件が私的旅行であった。

②一八九七年の、友人・菅虎雄見舞いのための久留米往復は特記することはないが、⑤・⑥一八九九年の二つの旅行はどんなものだったのであろうか。一つは、一八九九年正月に冬休みを利用して、初詣をかね、五高の教師仲間二人と計三人で次のような北九州周遊旅行に出かけている。

一月一日（日）：熊本を汽車で出発・鳥栖《とす》、博多を経て小倉《こくら》に宿泊。
一月二日（月）：豊州《ほうしゆう》鉄道（小倉～行橋《ゆくはし》～中津～柳《やなぎ》ヶ浦《うら》）の終点・柳ヶ浦駅で下車、

馬車で宇佐神宮へ行き初詣、宇佐で宿泊。
一月三日（火）：徒歩と馬を使って耶馬渓に行き、羅漢寺を参詣して、耶馬渓に宿泊。
一月四日（水）：耶馬渓から徒歩で中津市山国《やまくに》町に行って宿泊。
一月五日（木）：中津から伏木《ふしき》峠を馬で越えて日田で宿泊。
一月六日（金）：日田から筑後川を船で下り久留米で降り、汽車で熊本に帰着。

九州といえども正月のことであるから途中、山地では雪と寒さに悩まされた。当時俳句に凝っていた漱石は多くの句を残しているが「（追分とかいふ処にて車夫共の親方乗って行かん喃《のう》といふがあまり可笑しかりければ）親方と呼びかけられし毛布哉」という一句とその説明が久留米市山川町の碑に刻まれている。いつも「先生」と呼ばれているのに、筑後弁で「親方」と呼ばれたことに違和感があっておかしかったのである。

こうしたコースのうち、その後、日田～久留米間は鉄道が敷かれたが、宇佐～耶馬渓～山国町～日田間は山地で現在でも鉄道はない（大分交通・耶馬渓線が中津～山国町を一九一三年～一九七五年のあいだ結んでいたが）。それでも一八九九年時点で熊本から柳ヶ浦まで鉄道で行けたのだから、北九州地方の鉄道敷設は当時としては進んでいたといえる。

もう一つは、その年の夏休みを利用して、八月二九日に、同僚の山川信次郎とともに、阿蘇方面へ行った四泊五日の旅行である。同行した山川は、九月上旬に東京の第一高等学校へ転任することが決まっており、その送別の意味合いもあった。彼は漱石の大学時代の同級生で、漱石を五高に招いた張本人でもある。したがって五高の教師仲間のなかで最も親しかったせいか、この阿蘇山旅行のほか、『草枕』の舞台となった小天《おあま》温泉にも何回か同行している。

なお長距離旅行ではないが、熊本から徒歩で行ける小天には漱石はちょくちょく行っている。『草枕』の最終場面では湯治場のある田舎の駅に汽車が着き、また出てゆく姿が描かれているので、この小天旅行はあたかも汽車旅行であったかのような錯覚に襲われるが、そうではない。当時も今も小天には鉄道は走っていない。熊本や玉名から当時は徒歩で行ったし、今では「草枕の道」としてハイキング・コースになっている。熊本から西方の金《きん》峰《ぼう》山を越すと有明海に出る。その海岸に沿った丘の麓に小天はある。温泉が湧き温州みかんの木々があるのどかな場所である。ここで一八九七年（明治三〇）の年末から年始にかけて漱石は五高の同僚教師・山川と数日過ごした。場所は地元の有力者・前田案山子《かがし》の別邸で、この当主は自由民権運動の闘士でもあり衆議院議員も経験した大地主であった。『草枕』においては隠居のモデルとされているが、この前田の次女で離婚して家に出戻っていた卓《つな》こそ『草枕』のヒロイン那美《なみ》のモデルである。若い頃から気ままなお転婆で頭の切れる新しいタイプの女であった。漱石も相当惹かれたようで、『草枕』の那美はその後漱石の書く作品の女主人公の原形となっており、『三四郎』の美禰子《みねこ》もその系列に入る。

それでは、当時漱石が熊本から出発してこれらの地方を廻るには、どのような状況であったのか、一九世紀末の九州の交通事情を調べてみよう。

日本では、京浜間や京阪神間に官鉄が鉄道を開通させて以降、一九〇七年（明治四〇）の幹線国有化までの三五年間は、私鉄と官鉄が並行して全国の鉄道路線を敷設していった。私鉄では山陽鉄道、日本鉄道、関西鉄道、九州鉄道の四大私鉄が中核であった。どうしても東京や関西を中心とした本州の鉄道が優先して敷設されている一方、後進地域であった東北地方の開発も、政府の方針もあって日本鉄道が予想以上に鉄路を延伸させていった。この状況に九州の有力者たちがあせりを感じたのは当然である。

まずは一八八三年（明治一六）に福岡県人から門司～熊本間の鉄道建設が申請され、八六年には、途中分岐して佐賀～長崎に至る線も敷く案がまとまった。その後、福岡、佐賀、熊本、長崎の四県の知事も一致協力して鉄道用地の無償払い下げ、免税措置、利子補給などの優遇措置について政府と折衝した結果、八八年にようやく、九州鉄道株式会社が設立され、本社は福岡におかれた。当時の日本には、鉄道技術や鉄道部品、機関車は、ほとんどイギリスやアメリカから導入され輸入していたが、九州鉄道ではドイツからヘルマン・

ルムシュテル以下の技術者を招き、車両・器材もドイツに発注した。

一方、筑豊地方には石炭運搬のために筑豊鉄道株式会社が線路を敷き、豊州鉄道株式会社は行橋〜宇佐間を開通させていた。これらはやがて九州鉄道に吸収され、さらに一九〇七年には国有化された。

九州鉄道はそのあとワンマン実力者・仙石貢《せんごくみつぐ》を総裁に迎えると、思いきった経営をおこなった。彼は一等展望車＋一・二等寝台車＋食堂車＋一等座席車＋二等座席車という、当時としては目を見張る豪華木造客車五両編成をアメリカに発注し、それは鉄道ファンに「或る列車」の愛称で呼ばれて今でもいい伝えられている。

九州鉄道「或る列車」

鉄道が儲かった時代

日本では明治維新で掲げた「文明開化」「殖産興業」「富国強兵」のスローガンの下で、鉄道敷設は当然重点政策であった。しかし政府の財源は乏しかった反面、京浜間や京阪神間の既存路線の収益が順調であったので、機を見るに敏な民間人はやはり「鉄道は儲かるもの」と認識して鉄道建設の申請をおこなった。その結果、鉄道建設は官営と民営の二本立てで進めることとなり、一八八〇年代になって日本鉄道（上野〜

四大私鉄比較

会社名	設立年	資本金	代表線区(完成年)	最終路線延長
日本鉄道	1881	2000万円	東北本線(1891)	1376km
山陽鉄道	1888	1300万円	山陽本線(1901)	693km
関西鉄道	1887	300万円	関西本線(1898)	414km
九州鉄道	1888	750万円	鹿児島本線(1909)	792km

青森間など)、山陽鉄道(神戸〜下関間など)、関西鉄道(大阪〜名古屋間など)、九州鉄道(博多〜鹿児島間など)の四大私鉄のほか、多くの私鉄が誕生した。

東京〜大阪間の最重要幹線の敷設は官営で当たることになり、建設が急がれたが、軍部は国防上、内陸を通る中山道ルートを推し、商工業者は大都市の連なる東海道ルートを推して永らく決着がつかなかった。冷静かつ合理的に考えれば当然であるが、一八八六年になってようやく現行のルートに決定したのである。そのため七二年に横浜まで開通していた鉄道工事が西に向けて再開されるまで、一五年もの中断があったのである。しかしそれからは工事を急いだ結果、東海道線は八九年に全通した。その間も官営の鉄道建設工事は間断なく続けられ、東海道線の名古屋以西、信越線、北陸線、奥羽線などを多くの区間に分けて、部分開業を進めていった。

一方、民営各社では各々の特徴が顕著に出てきた。路線で最大規模を誇った日本鉄道は、建設工事や機材の購入など営業を除く一切を官鉄に委託していた。それでも官鉄の東海道線を見習うことはせず諸事にわたり大いに倹約し、コストカットを図っていた。にもかかわらず、過疎地への鉄道敷設ということで国庫からも手厚い保護があったので、四大私鉄のなかでも最も収益性が高かった。それなのに、新しいボギー客車の導入にも熱心ではなく、マッチ箱のような四輪単車王国であったし、寒冷地でありながら列車暖房の導入は一九〇二年と最も遅れた。そんな日本鉄道の経営姿勢を東京朝日新聞が痛切に批判していた。

日本鉄道と対極にあったのが山陽鉄道であった。競争者のいない日本鉄道と違い、運賃の安い瀬戸内海運と競合していたし、福澤諭吉の甥で、洋行帰りの初代社長・中上川《なかみがわ》彦次《ひこじ》郎《ろう》は革新的な性分で、大いに積極的な経営をおこなった。スピードも意識して線路の敷設にも金をかけ、一部区間の例外を除いて勾配は一〇パーミル以下、カーブの半径も三〇〇メートル以下に抑えたのである。また、食堂車、寝台車、電灯照明、赤帽制度などは、官鉄の東海道線よりも早く日本で初めて導入した。

関西鉄道は四大私鉄のなかでは最も小規模であったが、山陽鉄道のような斬新で積極的な経営をおこなった。客車の室内照明がランプから電灯に切り替わる過渡期に、欧米の鉄道ではガス灯を用いたが、日本では唯一この関西鉄道のみがそれを導入したのであった。しかしこの鉄道の最大の話題は名古屋〜大阪間で、所要時間や運賃で官営の東海道線と真向勝負し、特に運賃の値下げ競争が凄まじかった。値下げ競争はこの鉄道が開通した一八九八年からさっそく始まり、ときどき歩み寄りや妥協も見られたが、いつも守られず留まることを知らなかった。一九〇四年に日露戦争が勃発してようやく下火となり、〇七年にはこの鉄道も国有化された。しかし両者とも正規運賃から何割という値引きをしても経営が成り立ったのであるから、いかに当時の鉄道の収益性に余裕があったかがわかろう。

九州鉄道は他の私鉄も吸収合併して順調に発展した。貨物収入が多いという特徴があり、安定した経営状態が続いたので、一九〇七年の鉄道国有化には賛成しなかった。

一八九二年～一九〇九年における日本全体の官鉄および民鉄の損益合計表からは、鉄道の収益が毎年伸びていることが如実に読み取れるのである。

当時の鉄道全体の収益推移（単位：百万円）

年	官鉄	民鉄	官民合計
1892	344	347	691
1897	494	922	1,416
1902	927	1,714	2,641
1907	3,402	563	3,965
1909	4,008	204	4,212

さて、日本での株式会社は一八七〇年代後半から設立が始まり、いくつかの国立銀行に初めて適用された。国立銀行といっても今日でいう中央銀行ではなく、「第一銀行」「第四銀行」など民間の株式会社としていくつかの地方に設立され、それぞれの銀行券の発券機能は残っていた。そしてほどなく、日本鉄道、大阪紡績、東京海上火災、明治生命、大阪商船などの当時としては大きな信頼できる株式会社が設立され、七八年には東京と大阪に証券取引所が設立された。当時の日本

当時の株式会社数と資本金における鉄道会社の占める比率

年	会社数			払込資本金		
	全会社数	鉄道会社数	鉄道会社比率	全会社（単位：百万円）	鉄道会社（単位：百万円）	鉄道会社比率
1895	3,764	24	0.6%	307	72	23%
1900	8,429	41	0.5%	768	181	24%
1905	8,949	38	0.4%	975	223	23%
1906	9,295	26	0.3%	1,069	126	12%
1907	10,056	20	0.2%	1,114	24	2%

の株式市場において鉄道株の存在が実に大きかったのであるが、その全会社に対する比率を会社数と払込資本金で見ると表のようになる。

すなわち鉄道は会社数では極めて限られていたが、払込資本金ではとても大きく、鉄道会社を設立・運営するにはいかに莫大な資金が必要であったかを如実に物語っている。このように鉄道株はまさに一時株式市場の中心であったのだ。漱石も鉄道株を多少は持っていたらしい。漱石らは投機的な株の売買に手を出すようなことはなかったであろうが、投資としてまずは儲かりそうな株を保有することは当時の知識階層でもよくあることだった。次の引用は、特に鉄道株は株価、利回りともに最高との評判で人気があったことをうかがわせる文章である。

「君電気鉄道へ乗ったか」と主人は突然鈴木君に対して奇問を発する。

「今日は諸君からひやかされに来たようなものだ。なんぼ田舎者だって――これでも街鉄《がいてつ》を六十株持ってるよ」

「そりゃ馬鹿に出来ないな。僕は八百八十八株半持っていたが、惜しい事に大方虫《おおかた》が喰ってしまって、今じゃ半株ばかりしかない。もう少し早く君が東京へ出てくれば、虫の喰わないところを十株ばかりやるところだったが惜しい事をした」

「相変らず口が悪るい。しかし冗談は冗談として、ああ云う株は持ってて損はないよ、年々《ねんねん》高くなるばかりだから」

（『吾輩は猫である』）


「街鉄」とは「東京市街鉄道」の略称で、第七章で後述するが、東京市電に買収・統一される前、東京市に三社あった路面電車の運営会社のうちで最大の会社である。

日清・日露戦争の際は全国的な鉄道網の動員がいかに役立ったかといったこともあって、一九〇七年に全国の主要幹線は全て国有化されることになった。このときの国の買い取り価格も各鉄道株主を十分に満足させるレベルであった。いまだ鉄道は儲かって余裕のあるまさに「鉄道の時代」だったのだ。

第三章　憧れの欧州航路

期待の星・国費留学生

現在は「留学生」というと、自由なスタンスで各国に出ていく大勢の私費留学生を想像するが、戦前の海外留学生は極めて限定され選抜された人材であった。明治政府は「文明開化」「殖産興業」「富国強兵」のために、まずは高給を払って外国人お雇い教師を多数招聘したが、できるだけ速やかに日本人教師に切り換えようとした。コストの問題もあったが、なにより日本人が日本人を教えなければ教育の自立ができないからである。そのため一八八二年（明治一五）には「官費海外留学生規則」が出され、「東京大学卒業生中、学業優秀、品行善良、志操端正、身体強健にして将来大成の望ある者を選抜しこの規則に遵依し海外に留学せしむるもの之を官費海外留学生とす」と謳われた。経済的に苦しくても実力があれば留学できたのである。

国費留学生の一人当たり「予算は年間一〇〇〇ドル、留学期間は五年以内」と当時の明治政府の財政からすれば、思い切った厚遇であったが、一八九五年（明治二八）の日清戦争の勝利を境に財政に余裕ができて、留学生は一挙に増加している。国費留学生以外にも県費留学、私学留学、企業留学も開始されたが、国費留学生が主体であったことには変わりがない。この「国費留学生」制度は文部省が管轄して結局一八七五年（明治八）から一

日本の国費留学生の留学先と人数の推移（単位：名）

時期	ドイツ	イギリス	フランス	アメリカ	その他	計
1875〜1890	31	24	5	17	5	82
1891〜1920	397	168	53	260	50	928
1921〜1930	587	541	103	211	43	1485
1931〜1940	379	74	52	83	13	601
合計	1394	807	213	571	111	3096

九四〇年（昭和一五）まで六五年間続き、その間に三〇〇〇人強を送り出している。

さて、国費留学生・漱石のロンドン留学は、一九〇〇年（明治三三）一一月〜〇二年一二月の正味二年余りであったが、彼にとってこのような洋行は当然あるはずだと、ずっと前から予期していたことは書簡からも明らかである。はたして一九〇〇年にようやく留学辞令を受け取った。ただしそこには「英語研究のため満二年英国へ留学を命ず」とあったため、漱石は「英語」であって「英文学」でないことが気に食わなかった。おそらく実学である「英語」は「英文学」より緊急性があるとの判断であったのであろうが、さっそく文部省専門学務局長・上田万年《かずとし》を訪問してこの点を質《ただ》すと、この辺りは本人の判断である程度柔軟でよいとの回答を得てようやく安心したのである。それまでの国費留学生の選抜対象が東京大学教員だけであったのが、この一九〇〇年から高等学校教員にも対象が広がり、漱石はこの点では漱石はとら五人がこの初年度に該当したのである。この点では漱石はとても運がよかったのである。

プロイセン号（山田廸行『漱石の欧州航路体験』）

漱石の欧州航路

そして漱石は一九〇〇年（明治三三）九月八日に北ドイツ・ロイド社所有のプロイセン号に乗船して横浜を出港、一〇月一九日にゼノア（ジェノヴァ）港に上陸している。このときのプロイセン号には漱石を含め計五人の日本人が二等船客として乗船した。

どんな航海だったのか、当時の日記の中からいくつか抽出すると臨場感が湧いてくる。

一九〇〇年（明治三三）九月八日
横浜発。遠州洋にて船少しく揺《ゆら》ぐ。晩餐を喫する能《あた》わず。
九月九日
十時神戸着、上陸。諏訪山中常盤《ときわ》にて午餐を喫し、温泉に浴す。夜、下痢す。晩餐を喫せず。

九月一〇日
　夜半、長崎着。

床上に困臥して気息奄々《えんえん》たり。直径一尺ばかりの丸窓を凝視すれば一星窓中に入り来り、また出で去る。船は波に従って動揺すればなり。

（中略）

九月一三日
（中略）

小蒸汽にて濁流を溯《さかのぼ》り、二時間の後上海《シャンハイ》に着す。満目皆支那人の車夫なり。家屋宏壮、横浜などの比にあらず。

税関に立花政樹氏を訪《と》う。家屋宏大にて容易に分らず困却せり。

（中略）

九月一七日
船、福州辺に碇泊《ていはく》す。昨日の動揺にて元気なきこと甚し。かつ下痢す。甚だ不愉快なり。

（中略）

九月一九日

（中略）

午後四時頃、香港着。九龍《クーロン》という処に横着《よこづけ》になる。（中略）山巓《さんてん》に層楼の聳《そび》ゆる様、海岸に傑閣の並ぶ様、非常なる景気なり。（中略）食後 Queen's Road を見て帰船す。船より香港を望めば万燈水を照し空に映ずる様、綺羅星《きらぼし》の如くといわんより満山に宝石を鏤《ちりば》めたるが如し。

（中略）

九月二三日

無事。今日日曜にて、二等室の宣教師は例の如く歌を唱《うた》い説教す。上等の甲板にも独乙《ドイツ》人が喧嘩をするような説教をしている。

（中略）

九月二五日

昧爽《まいそう》、シンガポール着。頗《すこぶ》る熱き処と覚悟せしに非常に涼しくして東京の九月末位なり。

（中略）

九月二七日

朝ペナン着。午前九時の出帆故《ゆえ》上陸するを得ず。雨ふる。十時頃晴る。

（中略）

一〇月一日

十二時頃コロンボ着。黒奴夥多《あまた》船中に入込来り口々に客を引く。（中略）道路の整える、樹木の青々たる、芝原の見事なる、固《もと》より日本の比にあらず。六時半、旅館に帰りて晩餐に名物のライスカレを喫して帰船す。

（中略）

一〇月五日

午後三時半 Mrs. Nott を一等室に訪《と》う。女史は非常な御世辞上手なり。諸人に紹介せらる。然《しか》れども一もその名を記憶せず。かつ我英語に巧みなりとて称賛せらる。赤面の至《いたり》なり。女史は音調低く、かつ一種の早口にて日本人というも容赦なく、聴取《ききとり》にくくして閉口なり。

（中略）

一〇月九日

なお Aden に泊す。

見渡せば不毛の禿山巑岏《さんがん》として景色頗る奇怪なり。十時頃出帆。始めて阿弗利加《アフリカ》の土人を見る。

（中略）

一〇月一四日

Port Said に着す。午前八時出帆。これより地中海に入る。秋気満目、船客の多数は白衣を捨つ。中には白の上に外套などをつけたるあり。頗る奇。

（中略）

一〇月一八日

Naples に上陸して cathedrals を二つ、museum 及 Arcade Royal Palace を見物す。寺院は頗る壮厳《そうごん》にて、立派なる博物館には有名なる大理石の彫刻無数陳列せり。かつ Pompeii の発掘物非常に多し。Royal Palace も頗る美なり。道路は皆石を以て敷きつめたり。この地は西洋に来て始めて上陸せる地故《ゆえ》それほど驚きたり。

一〇月一九日

午後二時頃 Genoa に着す。丘陵を負いて造られたる立派なる市街なり。薄暮上陸、Grand Hotel に着す。宏壮なる者なり。生れて始めてかようなる家に宿せり。食事後案内を頼みて市中を散歩す。

これで九月八日の横浜乗船以来一〇月一九日のゼノア上陸まで、四十余日の船旅が終わった。日記という性格上、美文調ではないし、内容を丁寧に記してもいないし、単語の羅列も多いが、現代の我々もほとんど違和感なくすらすら読める。乗船直後は漱石も船酔いに悩むが、これは学生時代の房総旅行で霊岸島から保田に向かう海路での困憊《こんぱい》ぶりからも十分推測できることである。最初のうちは、さすがの漱石も五人の日本人仲間や大勢の西洋人に囲まれて舞い上がってしまっていたらしく、得意の句もなかなか頭に浮かばなかった。上海、香港、シンガポール、コロンボでは上陸していろいろ見て回る漱石らしい好奇心と行動力は十分伝わってくるが、東洋にすら当時の日本にはない壮大な建物や施設があることに改めて母国の後進性を実感した。コロンボ以降ポートサイドまでは特筆すべき事物は少なかったため日記も静かであるが、地中海に入って涼しくなり、乗客も衣替えすると、漱石の気持ちは昂った。ナポリは初めて踏む西洋の地なので感慨深いと同時に、東洋にはないさらに荘厳な市街や施設に改めて感嘆している。

いよいよヨーロッパの汽車旅が始まった。ゼノアからローカル列車でトリノに向かい、ここでパリ行き国際列車に乗り換えた。フランス領のモダンで通関があったというから、鉄道路線地図に照らしてみると、グルノーブル〜リヨン〜ディジョン〜パリと幹線を通ったはずである。トリノでの乗り換えの際は、満席に近いコンパートメントに割り込めば異邦人としてジロジロ見られ、フランスとの国境駅では通関のために、漱石は荷物を持ってホームへ降りてしまい、慌てて席に戻ると他人が座っていたりと、苦心惨憺《さんたん》でパリに着いた。パリの万国博覧会で一週間ばかり英気を養ったあとでロンドンに向かったが、ドーヴァー海峡の連絡船は大いに揺れて、船に弱い漱石はまたまた閉口したようである。

波路はるかな時代

戦前、欧州航路で渡欧した日本人はかなりいるが、一九〇〇年に渡った漱石は時代的にもパイオニアのグループに入り、人数的にも希少であった。そもそも欧亜航路はイギリス、オランダ、フランスなどが、インド、インドネシア、インドシナ（現在のベトナム・ラオス・カンボジア）、中国などとの交易のために開いた航路であるが、最初ははるか喜望峰を廻るか、スエズ地峡を突っ切る陸路を挟んで航路を二分して乗り換え・積み替えをするしかなく、長い日数と難儀を要した。そこへ一八六九年（明治二）にスエズ運河が開通したことで従来よりも断然便利になり、これを契機に船も、帆船や機帆船から立派な蒸気船に切り替わっていった。

この新しい航路においてはイギリスのP&O社やフランスのMM社が先行したが、一九世紀終盤には北ドイツ・ロイド社（NDL）も参入してくる。欧州から見て欧亜航路の終点は長く中国であったが、一八五〇年代にP&O社が初めて上海線を長崎まで延伸させた。

一方、太平洋航路ではアメリカのPLM社が六七年（慶応三）にサンフランシスコ～香港線を日本にも寄港させ始めた。すなわち日本の開国をもって欧米からの航路が日本に到達したのである。明治政府は貿易もさることながら、自国船舶の育成に躍起となり国内最有力の船会社・三菱会社に手厚い保護を与えた。対抗馬の三井を中心に共同運輸会社も立ち上げられたが、両者の過当競争は共倒れとなりかねず、ついに両社は三菱主導で合併して日本郵船が誕生し、九六年に欧州航路を開設した。この結果、漱石の渡英する一九〇〇年時点で欧州航路には、P&O社、MM社、NDL社、NYK社（日本郵船）などの選択肢ができたが、漱石たちは結局NDL社のプロイセン号に乗船することになった。

NDL社は、当時の新興工業国ドイツの主力船会社としてまず大西洋航路へ、さらに欧亜航路へ進出してきた。大西洋航路はもう旅客輸送主体の花形航路になっていたが、欧亜航路では貿易品としての貨物は増えつつも船客の往来は多くを見込めず、旅客と貨物両用の貨客船が配船された。同社は一八八六年（明治一九）にプロイセン号、ザクセン号、バイエルン号という三隻の四五〇〇トン級の姉妹船を建造したが、九四年に船体を延伸・改造して五三〇〇トン級の船にした。改造後のプロイセン号の乗客定員は一等一二〇名、二等六〇名、三等二五〇名、計四三〇名程度で、漱石たちは二等船客であった。NDL社の船には音楽家の滝廉太郎が乗船している。

さて、漱石と同船した日本人は、三人の留学生の藤代禎輔《ふじしろていすけ》、芳賀矢一《はがやいち》（二人とも帝国大学文科大学卒業）、稲垣乙丙《いながきいっぺい》（東京帝国大学農科大学卒業）と陸軍軍医の戸塚機知《とつかみちとも》で合計四名であった。船内では漱石・戸塚の二人が同室、隣室に芳賀・藤代・稲垣の三人が入った。部屋には洗面台は付いているが、トイレとシャワーはない。しかし二等専用食堂、談話室、喫煙室が用意されているのだから、当時の日本人青年にとっては豪華で恵まれた船旅であった。またドイツ船だけあってオーケストラが同乗していて、お茶の時間や夕食後にワルツやポルカを演奏していたようであるが、漱石の日記には書かれていない。ロンドン到着後、漱石はインテリの教養として意識して音楽を聴いたようだし、帰国後は寺田寅彦にも啓発されて西洋音楽に親しむようになったが、プロイセン号乗船時は、音楽については素人同然だったのだろう。

漱石のあと、二〇世紀に入ってこの欧州航路で欧州入りした洋行者は枚挙にいとまがないが、その航海を書き残している文豪たちがいた。そのうち、たまたま同じ一九三六年に乗船した武者小路実篤《むしゃのこうじさねあつ》と横光利一《よこみつりいち》の著述をご紹介しよう。武者小路実篤の欧州航路では、多くの日本人に囲まれて安楽に旅ができたことが最も強調されており、漱石のスタンスに比べて国際感覚を養ったり国際交流を求めようとする姿勢がどうも希薄である。

船の旅も今日で三十日あまりつゞけたわけ。今紅海を船は通つてゐる。明日早くスエズにつくわけ。船旅も少しはあきたと言つても嘘ではない。しかし自分が想像してゐるよりは旅は楽だつた。印度洋では一寸ひどく風が吹き、船に弱い僕は一週間以上室へとぢこもってねてゐた。しかしねてゐれば酔はずにすんだので、食事は一度もかゝさなかつた。おかげで本がよめ、何かと日記に書きつけた。

何と言つても日本の船でマルセイユまでゆけることは愉快である。（中略）

乗客は日本人と西洋人と半々だが、西洋人でも日本好きの西洋人以外はこの船にはのるまい。だから日本式の所がもつとあつていゝと思つてゐる。しかし僕の乗つたのは大正十二年に出来た白山丸だから、最近に出来た船はもつと日本式かも知れない。

（中略）

しかし日本語だけで用がすむのは何よりで僕は不自由を感ぜずに来れた。一人旅だつたが、すぐ日本の御客と友達になれ、感じのいゝ、話のあふ人が多くのつてゐてくれたので、その点で仕合せだつた。ボーイ達も日本人で親切で嬉しかつた。

（中略）しかし港々につくのはたのしみなものだ。そしてつく港々が、景色から風俗から習慣が皆ちがふのが、中々面白い。実際異国情緒を十分に味はふことが出来た。

（武者小路実篤「昭和十一年六月四日地中海上にて」『旅』一九三六年）

横光利一は新聞連載長編小説『旅愁』を書くため、毎日新聞社から格別の厚遇を受けて欧州に向かうときであった。当時は川端康成らとともに「新感覚派」の主役として祭り上げられていたせいもあってか、とかく有名人好きで、特定のことにこだわる性格が垣間見られる。

二月二十二日

今さき門司を出た。（中略）

これから出す手紙は保存しておいてほしい。その時、思ったことを書きつけておくのは手紙に限る。僕が持つてゐると失つて了ふおそれがあるから番号でも書いて保存しておいてほしい。（中略）船中の心理の移動、自然の変化と自分の気持ちを後で引きくらべてみたいと思ふから。（中略）

僕の食卓は高浜虚子さんとお嬢さん、機関長上ノ畑純一氏と僕の四人である。

（中略）

二月二十六日

東京に起つた暗殺の報伝はる。まだ朝だ。台湾沖通過の際デッキゴルフをしてゐる一団の若い船客達が、一勝負をつけた所へ、暗殺の報を持つて来る。一同顔を曇らせてヘェッと云つたまま二分間ほど黙つてゐる。と、一人が「さア、次をやらう」と云ひ出す。すると忽ち一同の顔はにッと笑ひ出し、一切を忘れてクラブを持つて玉を突き始める。傍で見てゐて、こんなものかと私は思ふ。

（中略）

三月五日

正午、シンガポール出帆。マラッカ海峡に入る。夜の九時より十一時ごろまで、佐藤次郎の話がサロンを賑はす。丁度佐藤の飛び込んだ時間だからだ。船長はそのときの苦心を話した。（中略）原因は誰にも分らない。このあたりから後一日の間の海峡を魔の海と云つて飛び込む者が一番多いといふ。海面は鏡の如く坦坦としてゐる。蒸し暑い。私は夜中ひとり佐藤次郎の飛び込んだ場所へ立つて下を覗いてみた。ここだけは欄干がない。今にも足もとが海中へ辷《すべ》りさうだ。眼まひがする。これかと思ふ。

（横光利一『欧洲紀行』創元社、一九四〇年）

横光利一が乗船したのは一九三六年で、「東京に起つた暗殺の報」とは二・二六事件のニュースであった。また「佐藤次郎」とは当時の国際的テニス・プレイヤーであった。

日欧間ルート別所要日数

選択肢	ルート 備考	1830年代 蒸気船就航	1869年 スエズ運河開通	1901年 シベリア鉄道開通	1939年 戦前最盛期
1	欧亜航路	80日	45日	40日	35日
2	欧亜連絡鉄道	—	—	15日	14日
3	太平洋航路	30日	20日	15日	8日
4	北米経由ルート	—	38日	27日	18日
	アメリカ横断鉄道	—	8日	5日	4日
	大西洋航路	15日	8日	5日	4日
	途中泊	—	2日	2日	2日

なお漱石が一九〇三年の帰国時に乗った「博多丸」は一八九八年製の六〇〇〇トン級蒸気船、武者小路実篤の乗った「白山丸」と横光利一の乗った「箱根丸」は姉妹船として一九二三年に造られた一万トン級蒸気タービン船であった。

ここまで欧亜航路だけを述べてきたが、日露戦争前の一九〇一年にはモスクワ〜ウラジオストック間のシベリア鉄道が全通し、後藤新平らの尽力で、一九一二年には東京からヨーロッパまで鉄道で行く欧亜連絡ルートが開通した。したがって欧州との交通路には鉄路という選択肢が加わったのである。

しかし旅行者は、狭い車室に閉じ込められ景色も単調なシベリア鉄道より、欧亜航路を選びたがったようである。

一方、太平洋航路、アメリカ横断鉄道、大西洋航路が整備され、速くなってくると、欧州に行くのにもこの乗り継ぎルートが意外に速く快適になってくる。シベリア鉄道経由が一番速いことは確かであったが、戦争時には外国人を締め出したり、ソ連通過のビザが取りにくかったりするし、なんといっても快適性に劣るのでとかく敬遠されたのである。

第四章　ロンドン留学時代

ロンドン留学は大きな収穫

二年間にわたる漱石のロンドン留学については、漱石自身が次のように書き残しているが、評価にも幅がある。

倫敦《ロンドン》に住み暮らしたる二年は尤も不愉快の二年なり。余は英国紳士の間にあつて狼群《ろうぐん》に伍《ご》する一匹のむく犬の如く、あはれなる生活を営みたり。
（『文学論』序）

さすがにこうした留学時代を「楽しく充実した時期であった」と評する者はいないが、稀には「苦しく無駄な時期」と極論する者までいる。大方は「苦しかったが収穫もあった時期」に落ち着くようであるが、私には「漱石なりの自然態で過ごした充実した時期」と思えてくる。しょせん無邪気で単純な表現などするわけのない漱石であるから、聞いた方も単純に受け止めてはいけないのだ。

漱石は生来理系が得意で建築家や医師を目指したこともあったが、やはり文学が好きであったことには間違いない。文部省からの辞令では表面上は「英語の留学」であったが「英文学にわたってもよい」との内意は受けていた。そして現実は、最初から英語よりも英文学を目指した。一方、留学先に対する規制はなかったため、渡英した漱石はさっそく、ケンブリッジ大学かオックスフォード大学、それともエディンバラ大学、やはりロンドン大学かを比較検討した。漱石はまずケンブリッジ大学を見学するが、学費が高い上、専門学よりも一般教養が主体のようなので断念した。エディンバラはやはり地方都市にすぎないし、スコットランドなまりが強い。結局そのままロンドンで過ごすことにした。ただ、ロンドン大学の講義を聴いても「日本の大学の講義とさして変わらない」。このとき教壇に立っていた教授の紹介でシェイクスピアの研究者・クレイグ博士の自宅に通い、個人教授を受けることにした。一年続いたが、それ以上は効率的でないと判断し、給付金をやりくりして本を購入し、独学で研究を進めるようになった。

渡英当初は地理を覚え、観光、観劇するために、ほどほど街へ繰り出していたが、独学生活に没頭するようになると、しだいにロンドン在留邦人たちとも没交渉になっていった。妻の鏡子に「たった一人で気楽でよろしい」と書き送るなど、後半の一年は、非社交的な人間として通っていたという。その間、留学目的である英文学の読破に邁進するが、読めば読むほど、数多ある英文学作品のうち読了できたのは僅少に過ぎないことに改めて気づいて愕然とする。しかし、いわば天才であった漱石にはこのネガティブな認識とは別に、新たにポジティブな発想が閃いたのである。英文学も漢文学も、世界のなかでは一地方のローカルな文学に過ぎない。そんな一断片に取りつかれる必要はない。それよりも、文学一般、普遍的文学とは何かを極めればよいというなかば逆転の発想に至ったのである。

やがて留学仲間により「夏目発狂せり」との報が日本に届くと、文部省は漱石に帰国命令を下した。そして一九〇二年（明治三五）一二月五日、テムズ河のロイヤル・アルバート・ドックから日本郵船の「博多丸」に乗って、漱石は帰国の途に就く。こうして約二年一ヵ月におよぶ英国留学は幕を閉じたのであった。

この間、決して豊かではない留学費用のうち、娯楽や衣食住を切り詰めても多くの書を購入して持ち帰った。これらの書籍は漱石没後に、小宮豊隆《こみやとよたか》の手によって整理・寄贈され、今でも東北大学附属図書館の貴重な蔵書となっている。そして漱石の手土産の最大のものが「普遍的文学」の追求であり、その成果が『文学論』の刊行であった。

漱石は一九〇三年一月に英国留学から帰国して程なく、東京帝国大学と第一高等学校の英文学講師に就任する。そして講義をするに当たり、普遍的文学論こそ学生にとって関心が高いものであり、時代的必要性があると感じたのである。

そして東京帝大において、一九〇三年九月から〇五年六月にかけておこなった「英文学概説」の講義を、聴講した学生・中川芳太郎が筆写したものをベースに漱石が添削し、〇七年に大倉書店より刊行されたのが『文学論』である。ところがこの渾身の『文学論』は学生にも文学界でも不評であった。漱石自身これを認めている。

> 不幸にして余の文学論は（中略）、重《おも》に心理学社会学の方面より根本的に文学の活動力を論ずるが主意なれば、（中略）文学の講義としては余りに理路に傾き過ぎて、純文学の区域を離れたるの感あり。
> （『文学論』序）

『文学論』は極めて長く、論理が込み入っていて、難解極まりない。これでは学生にとっては文学の手ほどきや入門書にならないし、文学界においても一般文士では読み解けない。だから現在に至るまで、断片的評論は散見されるが、『文学論』全体をかみ砕いた要約書や解説書はまったく出されていない。すなわち『文学論』は「文学書」ではなく「科学書」なのだ。

しかし、『文学論』の不評に漱石はもうめげる必要も暇もなかった。子規の仲介で雑誌『ホトトギス』に載った『吾輩は猫である』や『坊っちゃん』などが好評で、文学者というより作家としての地位がとみに高まりつつあり、一九〇七年には破格の好条件で朝日新聞の専属作家に迎えられたのである。

漱石の二年間にわたるロンドン留学生活の成果は、漱石が意気込んだ「文学論」ではな

ロンドン留学時代の漱石の住居の移動推移

	期間	住所	日数
1	1900/10/28～1900/11/11	76 Gower St. W	15日
2	1900/11/12～1900/12下旬	85 Priory Rd. West Hampstead	約40日
3	1900/12下旬～1901/4/24	Camberwell New Rd.	約120日
4	1901/4/25～1901/7/19	5 Stella Rd. Tooting Graveney	86日
5	1901/7/20～1902/12/5	81 The Chase Clapham Common	504日

く、作家としての開花であった。

ロンドンの宿

このように漱石は留学地をロンドンと決めたが、次は住居の選定である。漱石なりの試行錯誤があって結局二年間で五ヵ所の下宿に移り住んだ。居住期間や住所の一覧は上表の通りである。

第一の宿は日本人がよく下宿する所であったが、その多くは役人や大学教授階級であった。確かにホテルに比べれば安いが、国費留学生の身分ではとても長期間は住めなかった。

第二の宿はハムステッドといってロンドンの北西部に位置する比較的上等な地区にあった。漱石の去った直後の一九〇六年から郊外の田園都市として区画開発され、日本の田園調布計画のモデルにもなった地域であることからも想像できよう。この宿には台湾総督府から長期出張で来ていた長《なが》尾《お》半平《はんぺい》も住んでいて下宿仲間となった。長尾は国費留学生の漱石よりずっと経費に恵まれていたこともあって、暖炉が赤々と燃える自室に招いてくれたり、近所のレストランでご馳走してくれたり、金を貸してくれたりと親切で、それは漱石にとってはありがたかった。しかし家主一家の複雑な構成や彼らのギクシャクした雰囲気に神経質な漱石はなんとも白けて、一ヵ月余りで別の下宿に移ることになった。

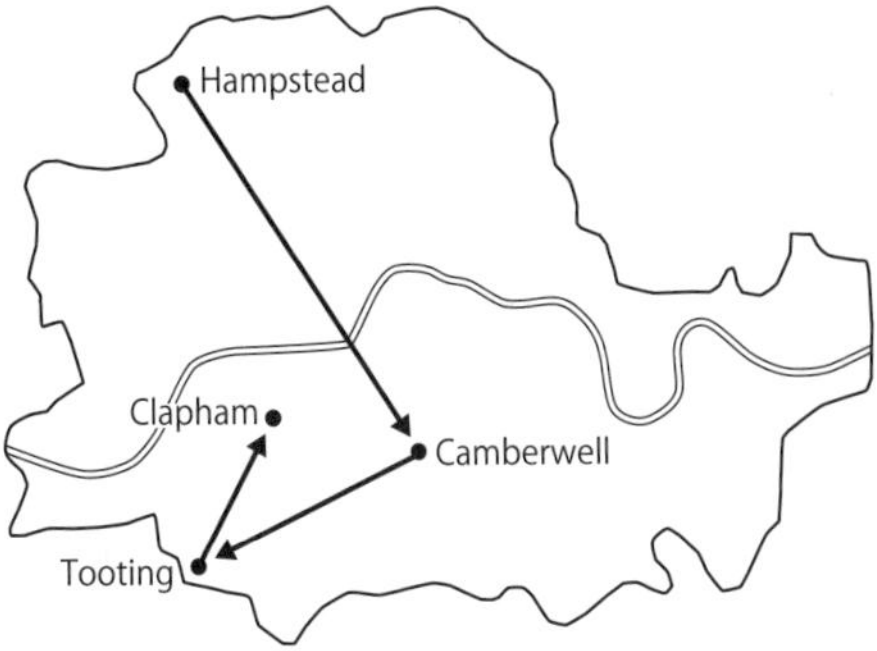

ロンドン転居地図

第三の宿はロンドン南東部に位置し、決して高級な場所ではなかったが、レンガ造り三階建ての比較的大きな建物は、以前は大家の姉妹が経営する私塾に使われていたが、閉校となり下宿屋に衣替えしたのである。そして漱石が移ってきたときには田中孝太郎、渡辺和太郎、宮川清、小山正太郎《しょうたろう》、米津恒次郎《よねづつねじろう》という五名の日本人がすでに下宿していた。この第二、第三の下宿については漱石も次のように書き残している。

以前の処は東京の小石川の如き処に存候。今度の処は深川と云ふ様な何れも辺鄙な処に候。即ち北西ヨリ南東に転居致候。日本にて三里許りの道のり有、之馬車を傭ひて書物を載せて宿替随分厄介なれど日本の書生の如くランプを手に持つ様な不体裁は無之候。

（『書簡』妻・鏡子宛、一九〇〇年〈明治三三〉一二月二六日）

ハムステッドからフロッドンまでは方角が真逆で、距離も一二キロ程度も離れていたので、漱石はあたかも住環境ががらっと変わったような錯覚に陥ったらしい。フロッドンはテムズ河の南岸ではあるが、当時はけっして貧民街とか場末といった環境ではなく、少し足をのばせば広大な公園もあった。いわば中流のロンドンのごく普通の街であった。環境はともかく下宿の雰囲気については漱石もそこそこ気に入ったらしい。

女学校の女先生丈ありて上品に候。色色親切にて家族の如く致し居候。同宿のもの日本人少々有之候。主人は頗る日本人好にて西洋人を下宿させるよりは日本人を客にしたしと申居候。

（『書簡』妻・鏡子宛、一九〇〇年〈明治三三〉一二月二六日）

このようにまあまあの出足であったが、その後、日本人の下宿人たちが一人減り、二人減り、ついに一九〇一年の春には漱石だけになってしまった。この間、下宿で出す食事が

ロンドンの居宅

だんだんと粗末になったり、下宿人たちも何か勘付くといった悪循環が起きていたのであろう。気が付いてみると下宿人として漱石一人が残ってしまったので、漱石は今度はトゥーティングという場所に引っ越す羽目になってしまった。

しかし、第四の宿は越したときから漱石は気に入らなかった。ここも確かに高級地ではないが、場所柄は第三の宿とさして変わらず、建物はできたてで新しかった。ただ、ここをすぐ飛び出るわけにはゆかないある事情が漱石にはあった。化学者の池田菊苗を同宿者として迎えなければならなかったからである。漱石は池田の科学的・論理的な姿勢や性格に大いに惹かれ啓発もされた。その後、池田が去り、充実した生活が終わると、さっそく漱石は第五の宿を探し始めた。今までの受け身の姿勢ではなく今度こそ積極的に宿を探そうと決心した漱石は広告代理店を訪ね、七月一一日の新聞に次のような内容の広告掲載を依頼した。

「当方日本人、下宿を求む。ただし文学趣味を有するイングランド家庭に限る。閑静にして便なるN（北区）N・W（北西区）S・W（西南区）などを好む。バーカー代理店気付」。

するとと翌一二日には応募の手紙が多数、代理店か

ロンドン市内交通風景（『100年前のロンドン』）

ら漱石に届けられた。漱石はそれらのうち、よさそうな候補を丹念に見てまわったが、「帯に短し襷に長し」でそう簡単ではなかった。結局クラハム・コモンにあって、リール独身姉妹が主である、第五の下宿に引っ越したのである。この地域はテムズ河の南岸で濃霧が発生することが難ではあるが、近くには公園もあり、そして何よりも交通の便がよかった。当時地下鉄の終着駅があり、また鉄道馬車や乗合馬車が大通りを走っていたからである。「ジャンクション」とは多くの鉄道線路が合流・分岐してゆく地点であるから、この下宿では四六時中、列車の音を聞いていたが、漱石がそれを嫌がっている様子はない。

昨宵《ゆうべ》は夜中《よじゅう》枕の上で、ぱちぱち云う響を聞いた。これは近所にグラハム・ジャンクションと云う大停車場《おおステーション》のある御蔭《おかげ》である。このジャンクションには一日のうちに、汽車が千いくつか集まってくる。それを細《こま》かに割りつけて見ると、一分に一《ひ》と列車ぐらいずつ出入《でいり》をする訳になる。その各列車が霧《きり》の深い時には、何かの仕掛《しかけ》で、停車場間際《まぎわ》へ来ると、爆竹《ばくちく》のような音を立てて相図をする。信号の灯光は青でも赤でも全く役に立たないほど暗くなるからである。（『永日小品』「霧」）

当時、テムズ河の南側はいわば下町で、東京に喩えれば、隅田川を東に渡って「河向う」の本所・深川に行くといった趣に似てはいた。ただし当時イーストエンドといわれた貧民地帯はテムズ河南岸でも、ずっと東に寄ったドック周辺で、そこに比べればずっとましであった。なお、テムズ南岸の三ヵ所のなかでは、カンバーウェル、トゥーティングに比べてクラハム・コモンの方が場所柄はよく交通の便もよかった。ただし近年になって、この河南地区は移民がかなり入り込み、一世紀以上前の漱石の下宿時代に比べると、相対的な土地柄は低下しているようである。

ロンドンの生活と市内往来

漱石の初期のロンドン市内往来については、『倫敦塔』に最も象徴的に端的に書かれている。市内に旧知はなく、頼れる人も持たない漱石が、いきなり世界の都の地理を独力で覚えようとする大変な執念が書かれている。日本人でここまでできる人は少ない。

その頃は方角もよく分らんし、地理などは固《もと》より知らん。まるで御殿場《ごてんば》の兎《うさぎ》が急に日本橋の真中《まんなか》へ抛《ほう》り出されたような心持ちであった。（中略）恐々《こわごわ》ながら一枚の地図を案内として毎日見物のためもしくは用達《ようたし》のため出あるかねばならなかった。無論《むろん》汽車へは乗らない、馬車へも乗れない、滅多《めった》な交通機関を利用しようとすると、どこへ連れて行かれるか分らない。この広い倫敦《ロンドン》を蜘蛛《くも》手《で》十字に往来する汽車も馬車も電気鉄道も鋼条鉄道も余には何らの便宜をも与える事が出来なかった。余はやむを得ないから四ツ角へ出るたびに地図を披《ひら》いて通行人に押し返されながら足の向く方角を定める。地図で知れぬ時は人に聞く、人に聞いて知れぬ時は巡査を探す、巡査でゆかぬ時はまたほかの人に尋ねる、何人でも合点《がてん》の行く人に出逢うまでは捕えては聞き呼び掛けては聞く。かくしてようやくわが指定の地に至るのである。

（『倫敦塔』）

このように、市内往来の要領をどんどん覚えて、靴底を擦り減らしたらしいが、漱石は日常的に、ロンドン市内でどんな活動をし、どのように動きまわったのであろうか。そこからは地下鉄、鉄道馬車、乗合馬車などの当時のロンドンの交通事情が垣間見えてくるはずである。日記などから見てみよう。

地下鉄は、週に何回か通ったクレイグ博士宅にゆくのにもっとも頻繁に使った。世紀のイベントともいえるヴィクトリア女王の葬儀には、三番目の家宿の主人ブレットが地下鉄で連れていってくれ、小柄な漱石は肩車までしてもらっていた。

二〇世紀初頭の当時、ロンドンには地下深く走る最新鋭の地下鉄もあれば、馬糞を撒き散らす鉄道馬車や路線馬車も大手を振って活躍していた。鉄道馬車の乗降の際、降車優先の原則を知らぬ漱石がわれ先にと乗り込もうとして馭者に注意されていた。いくらインテリの漱石でも世界の都では未開の国から来た小柄な男に過ぎなかった。

次の文章を読むと、日本では鉄道馬車に乗ったことのない漱石がロンドンで初めて乗ったことがわかる。

池田氏を待つ。来らず。Balham に至る。帰途、鉄道馬車に乗らんとす。人足余を拉《とら》えて降りる人を待てという。感心なことなり。

（『日記』五月四日）

このように漱石は地下鉄、路線馬車、鉄道馬車を日常的に使っていたことがよくわかる。なお、当時のロンドン市街の写真をいろいろ見たが、鉄道馬車は滅多に見つからない。路線馬車、荷物運搬馬車、自家用馬車などでごった返しているのに、街路の真ん中の定まった線路上を走る鉄道馬車は非常に走りにくく、存在し難かったと容易に想像されるのである。

常に漱石を悩ませたのは経済問題であった。漱石に文部省から送られてくる留学費は月一五〇円、それに対して支出は安下宿でも月五〇円、クレイグ先生に二〇円(一時間二円五〇銭)、書籍購入に三〇～四〇円は確実にかかり、残りの四〇～五〇円で衣食だけでなく、観劇代や交通費を賄わねばならなかった。当時、漱石がロンドンから出した手紙には経済問題に関する心労がにじみ出ている。

食事にしても硬いビスケットをぼりぼり嚙み砕いては生唾で無理に飲み込んだり、あるときは御者や労働者の行く汚い一膳飯屋で食べたりして生活費を抑え、一冊でも本を多く買って日本へ持ち帰ろうとしたのであった。漱石にとってロンドンは決して快適ではなかったが、それはロンドンという都会そのものに馴染めなかったというよりは、こんな経済問題も重圧になっていたためでもある。経済問題とは通常、自分の懐具合をいうが、漱石はどうもそれだけでなく、西洋にはびこる拝金主義にカルチャー・ショックを受けたことも大きかったようだ。

ちなみに漱石以降に欧米に洋行した作家たち、林芙美子、横光利一なども異口同音に欧米の拝金主義を痛切に感じたと述懐している。しかし漱石は、拝金主義に降参しているわけではない。「知性や徳育とは関係なく、金を持っているだけでは尊敬はされない」とも、はっきりいっている。当時の日本人留学生では金銭的にロンドンで幅を利かすことは到底できなかった。しかし、「教養あるイギリス人はそれだけでなく知性と徳育も見ている。だから自分をわかってくれるイギリス人もいるはずだ」とも話している。

世界の都・ロンドンの市内交通

当時のロンドンは東京に比べれば街の景観、街の区画、各種インフラ、そして交通機関もずっと進んでいた。一九〇〇年（明治三三）時点で見てみよう。漱石が最も驚かされた交通機関は地下鉄だった。日本初の地下鉄は二七年（昭和二）に開通した銀座線の上野〜浅草間だったのに比べ、ロンドンの地下鉄は今ある一三路線のうち八路線が一九世紀中に開業しており、漱石はそれを利用できたのである。しかも極端に異なる地下鉄が二種類走っていた。一つは一八六三年（明治以前）に開業したメトロポリタン線で、ロンドン初のしかも世界初の地下鉄であった。それがなんと開業当時は蒸気機関車牽引の列車であったから、煤煙が地下に蔓延して大変であった。地下鉄のトンネルはルートに沿って地面を四角く最低限浅く掘ってコンクリートで固めた後で蓋をする構造（Cut & Cover）になっていた。ただ、この排煙のために蓋をせずに空の見える区間も設けられた。

ロンドン地下鉄建設工事

当時の八路線のうち、五路線がこの開削工法で造られて蒸気列車で運行開始された。一八九〇年（明治二三）に開通したノーザン線以降は地中深く掘削するシールド工法が採用され、のちに電化された。電化当初は電気機関車牽引の客車列車であった。それ以降にできた線区は皆このシールド工法で造られ、一八九八年開業のウォータールー&シティ線では最初から電車による運行を開始し、他路線もしだいに電化されていった。

ロンドンの地下鉄建設において世界で初めて採用された「シールド工法」とは「シールド」と呼ばれる筒（ないし函）で後方のトンネル壁面を一時的に支え、掘削しながら逐次シールドを前進させるとともに、後方に壁面を構築する。現代ではもっぱら、高度に機械化されたシールドマシンを使い、壁面は分割されたブロック（「セグメント」）を組み上げて構築する。セグメントは工場で大量生産できるし、シールドマシンやセグメントを地中に降ろすために、大きな穴を開ける必要がないので、掘削中でも地上部分への影響を最小限に抑えることができる。また、軟弱地盤でも掘り進むことができる、というのも特

ロンドン地下鉄列車

徴であった。

日本でも、このシールド工法は一九二四年完成の羽越《うえつ》本線折渡《おりわたり》トンネルの掘削に初めて使って以降、三六年には世界初の海底鉄道トンネルである関門鉄道トンネルでも採用された。戦後になると、六四年以降、多くのシールドトンネルが造られた。複雑な地層や軟弱な地盤に悩まされた日本ではシールド工法技術の進歩は目覚ましく、いつの間にかイギリスを抜いて、技術力が世界一に躍り出た。そのため英仏海峡トンネル、トルコのボスフォラス海峡などで、日本の「シールド工法」が採用されている。

漱石が雑誌『ホトトギス』に寄稿した『倫敦消息』は当時の地下鉄の雰囲気を実に生き生きと伝えていて興味深い。

　僕の下宿は東京で云えばまず深川だね。橋向うの場末さ。下宿料が安いからかかる不景気なところにしばらく――じゃない、つまり在英中は始終《しじゅう》蟄息《ちっそく》しているのだ。その代り下町へは滅多《めった》に出ない。一週に一二度出るばかりだ。出るとなると厄介だ。まず「ケニントン」と云う処まで十五分ばかり徒行《ある》いて、それから地下電気でもって「テームス」川の底を通って、それから汽車を乗換えて、いわゆる「ウエスト・エンド」辺に行くのだ。停車場まで着《つい》て十銭払って「リフト」へ乗った。連《つれ》が三四人ある。駅夫が入口をしめて「リフト」の縄をウンと引くと「リフト」がグーッとさがる、それで地面の下へ抜け出すという趣向さ。（中略）吾輩は穴の中ではどうしても本などは読めない。第一空気が臭い、汽車が揺れる、ただでも吐きそうだ。まことに不愉快極まる。停車場を四ばかりこすと「バンク」だ。ここで汽車を乗りかえて一の穴からまた他の穴へ移るのである。まるでもぐら持ちだね。穴の中を一町ばかり行くといわゆる two pence Tube さ。これは東「バンク」に始まって倫敦《ロンドン》をズット西へ横断している新しい地下電気だ。どこで乗ってもどこで下りても二文すなわち日本の十銭だからこう云う名がついている。

（『倫敦消息』「ホトトギス」一九〇一年五〜六月）

この文章からも、当時のロンドンの地下鉄には漱石が「地下電気」と呼ぶいわゆる地下鉄と、「汽車」と呼ぶ蒸気機関車が牽く地下鉄道があったことがわかる。地下深い地下鉄には、今でも地上と乗降するエレベーターがあるが、漱石はそれに十銭を払ったというから当時は有料だったのであろうか。

ロンドン地下鉄の代名詞として“Underground”という言葉のほかに“Tube”という言葉も使われる。現在のロンドン地下鉄のトンネル断面を見ると、地中浅いところで四角い大断面となるSurface Lineと、地中深く丸い小断面のTube Lineの二種類があり、トンネルもカーブもとかくゆったり造られた前者の路線の方が大型車両で、より高速で走行しているのである。

ロンドン地下鉄蒸気列車（Loz Pycock 撮影）

ロンドンの路線馬車は一六二五年に「オムニ・バス」として走り出したが、最初は多くの零細業者が運行していた。それが一九世紀に入るとだんだんと大手に集約され、一八五五年に“LGOC”（London General Omnibus Company）が設立されると、そのシェアは独占的になった。その結果、馬や馬車も増加し、漱石の留学した二〇世紀初めには五万頭の馬匹《ばひつ》が路線馬車や鉄道馬車に使われていた。しかし一九〇四年から自動車のバスの運行が開始されると、それが路線馬車に置きかわり、一四年にその運行は終焉した。一方、ロンドンにおいて鉄道馬車にかわる路面電車は一八八三年に登場したが、それが発展するのは二〇世紀に入ってからである。しかしこれも自動車が増えると一九三〇年代にほとんど廃止されている。あの有名なロンドン・タクシーは一九〇一年に登場して以来、地道に増加していった。

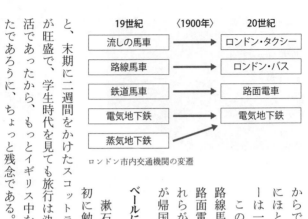

　このような発展のなか、結局、漱石が乗ったのは地下鉄、路線馬車、鉄道馬車で、路線バス（いわゆるロンドン・バス）、路面電車、ロンドン・タクシーには乗りそびれている。これらが普及してくるのは、二〇世紀に入り、ちょうど漱石が帰国した直後に当たるからだ。

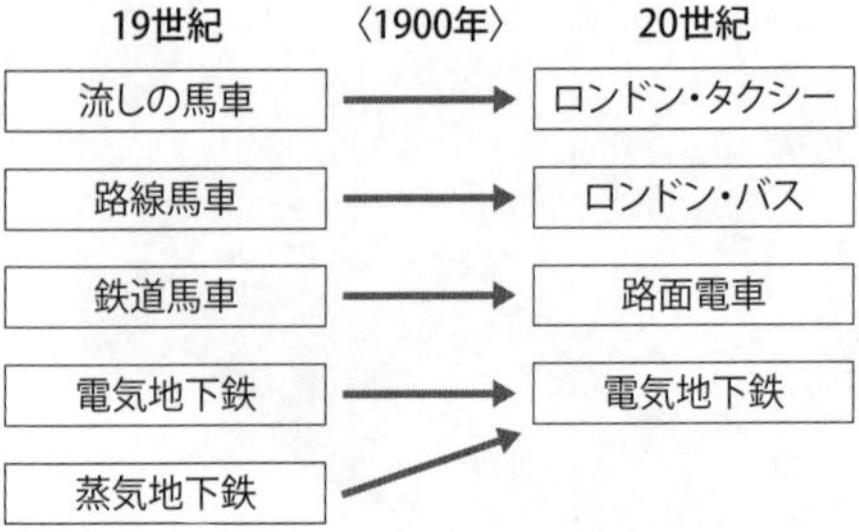

ロンドン市内交通機関の変遷

ベールに包まれたスコットランド旅行

　漱石の滞英生活二年間で、ロンドンを離れた旅行は、最初に勉学のために下見に行ったケンブリッジへの一泊旅行と、末期に二週間をかけたスコットランド旅行だけしか見当たらない。漱石は本来好奇心が旺盛で、学生時代を見ても旅行は決して嫌いではない。せっかく与えられた異国での生活であったから、もっとイギリス中を動いていたら、もっと乗り物の話題を提供してくれたであろうに、ちょっと残念である。さて希少なスコットランド旅行の全容と詳細について、漱石は『永日小品』のなかの「昔」という章以外には書き残していないが、それをさっそく見てみよう。

ピトロクリの谷は秋の真下《ました》にある。十月の日が、眼に入る野と林を暖かい色に染めた中に、人は寝たり起きたりしている。十月の日は静かな谷の空気を空の半途《はんと》で包《くる》んで、じかには地にも落ちて来ぬ。と云って、山向《やまむこう》へ逃げても行かぬ。風のない村の上に、いつまでも落ちついて、じっと動かずに霞《かす》んでいる。その間に野と林の色がしだいに変って来る。酸《す》いものがいつの間にか甘くなるように、谷全体に時代がつく。ピトロクリの谷は、この時百年の昔《むか》し、二百年の昔にかえって、やすやすと寂《さ》びてしまう。（中略）

後《うしろ》から主人が来た。主人の髯《ひげ》は十月の日に照らされて七分がた白くなりかけた。形装《なり》も尋常ではない。腰にキルトというものを着けている。（中略）パイプを出す、煙草《たばこ》を出す。そうしてぷかりぷかりと夜長《よなが》を吹かす。

（『永日小品』「昔」）

何とも美しい風景描写である。漱石は自然を愛したが、自然だけに没頭して、社会や人間などから逃避したり没交渉になるタイプではない。また自分自身を多忙にする習性を押し通すタイプでもあった。だからこのピトロクリの生活は漱石にとってまさに例外的な心身の休養期間になったであろうが、これ以上長期になるのはきっと耐え難かったであろう。ちなみに漱石が岡倉由三郎《よしさぶろう》に宛てた手紙から、漱石がなぜこの地方に旅行したかの背景が垣間見られる。由三郎は岡倉天心の弟で、やはり英語研究の国費留学生として一九〇二年（明治三五）四月にロンドンに赴任していた。

目下病気をかこつけに致し過去の事抔一切忘れ気楽にのんきに致居候小生は十一月七日の船にて帰国の筈故、宿の主人は二三週間とまれと親切に申し呉候へども左様にも参ら兼候当もなおきにべん／＼のらくらして居るは甚だ愚の至なれば先よい加減に切りあげて帰るべくと存候いづれ帰倫の上は一寸御目にかゝり可申と存候

（『書簡』岡倉由三郎宛、一九〇二年一〇月）

漱石をスコットランド旅行へ誘ったのはヘンリー・ディクソンという人物であった。彼はイングランドの生まれであったが、少年時代からスコットランドの風物に惹かれ、一九〇二年に六四歳になるとピトロクリに居を構え、このときちょうど半年経ったところであ

った。もともと弁護士であったが、絵を描き、考古学にも深く通じて多才であった点は漱石に似ている。ボーイスカウト活動や教会運動にも熱心な篤志家でもあった。日本にも二度長期旅行をして岡倉天心らの日本の美術家たちとも親交を結んでいた。

こんな関係があったので、岡倉由三郎が漱石の神経衰弱を心配し、兄・岡倉天心経由でディクソンに頼み、漱石の転地療養を取り計らったらしい。その感謝の気持ちを岡倉由三郎へ手紙で伝えたのである。

このスコットランド旅行で漱石がどんな汽車旅をしたか、自身は全く書き残していないが、ロンドンとピトロクリとの往復はイギリスの鉄道路線図を辿ればルートは自ずと決まってくる。ロンドンのキングズ・クロス駅から東海岸線で発つと、ピーターバラ〜ドンカスター〜ヨーク〜ニューキャスル〜エディンバラと進む。そこでインヴァネス行き列車に乗り換えればエディンバラ〜パース〜ピトロクリへと運んでくれる。ピトロクリは地図上で見ればスコットランドのど真ん中に位置し、ロンドンから距離こそ八〇〇キロもあるが、幹線の乗り換え一回で到達するので、漱石も簡便に行けたはずだ。

一九〇〇年当時の列車の外観だけを見ると、かなり小型の二動輪の蒸気機関車が木造客車を牽く列車で、漱石の知る日本の列車と格段の差はなく、大した列車には見えないかもしれない。しかし広軌のレールが曲線も勾配も緩く敷かれており、SLの動輪も大きく、

1900年頃のイギリスの列車

日本よりずっと高速で走行をおこなった。この頃のイギリスの客車は、大抵四輪ボギー客車になっており、車内のスペースや座席などの設備は日本よりずっと整っていた。すでに一等車と二等車の二等級制になっていたが、漱石が二等車に乗ったとしても十分快適だったはずである。コンパートメント式で、座席も背もたれも布張りクッションが付き、車内照明は日本ではまだランプであったのに、イギリスではもうガス灯か電灯に替わっていた。

この列車がキングズ・クロス駅をあとにすると、どんどん加速して快調に走ったことは、一九二〇年にこのルートの特急列車に乗車した徳冨蘆花《とくとみろか》夫妻が描写していた。

蘇格蘭《スコツトランド》から少し英吉利の田舎を廻つて来るつもりで、十二月十五日の朝 Taxi《タキシー》 で King's Cross Station《キングス クロツス ステーシヨン》 に行く。（中略）停車場の雑沓の中に、Khaki《カーキイ》 服の日本軍人を二人見る、血色、身材、全く悲しいやうだ。嘸《さぞ》私共夫妻が他の在外日本人の眼に見すぼらしい事であらう。

十時発車。車室には私共の外に田中正造さんに肖た無髯の英吉利人。汽車は Edinburgh《エヂンバラ》 急行、所謂 "Flying Scotchman《フライング スコッチマン》" で、倫敦を出たが最後、停車場も亦停車場も駈けぬけ、走せ通り、二時間走り通して Graham《グラハム》 に来て、はじめて最初の停車をした。午鶏が鳴いて、田舎に来た感が長閑《のどか》である。ボギイ式の車室幾箇か通つて、私共は食堂に行く。(中略)

少し話を交《か》はす。鉄道線路は特急に適すべく特に堅固に出来て居るので、速力の割に動揺が少いのださうな。(中略)

外は繊《ほそ》い雨が小止なく降って居る。Heat《ヒート》 が通つて居る車室の内は暖かで、硝子窓から雫が滴り〳〵する。私共も英人もこくり〳〵をはじめる。

霧雨を衝《つ》いて汽車は飛ぶ。(中略)

午後七時汽車は Edinburgh《エヂンバラ》 に着いた。

(『日本から日本へ』)

ロンドンからエディンバラまでちょうど九時間、平均時速はおよそ七〇キロに達するので、漱石が東京と松山や熊本を往復した列車の倍の速さであり、また日本の最速列車として一九三〇年から五六年まで走った東京～大阪間の特急「つばめ」と全く同じ速さなのだ。

漱石はエディンバラに着くと、インヴァネス行き列車に乗り継ぐことになる。ここから

フォース橋（上）、渡邊嘉一による実演写真（下・東洋電機製造提供）

は亜幹線（幹線に準ずる設備と位置づけのある路線）となるので、列車の設備やスピードは少し落ちるが、まずエディンバラからパースに向かう途中で、漱石の乗った列車がフォース橋を渡る。フォース橋は世界的にも有名な鉄道橋で、フォース湾をまたいでハイランドに直行できるように築かれた全長二五二九メートルのこの大鉄橋は、以前架けられていた鉄橋が貧弱で、強風により崩落事故が相次いだことから、一八八九年（明治二二）に頑丈に造り代えられたものである。その頑丈さよりもむしろ壮大で美しいアーチ形状が有名で、今でも使われている。そしてこの建造に一人の日本人技師・渡邊嘉一《かいち》が大きく関わったのである。渡邊は工部大学校（のちの東京帝国大学・工学部）を首席で卒業後、工部省鉄道局に

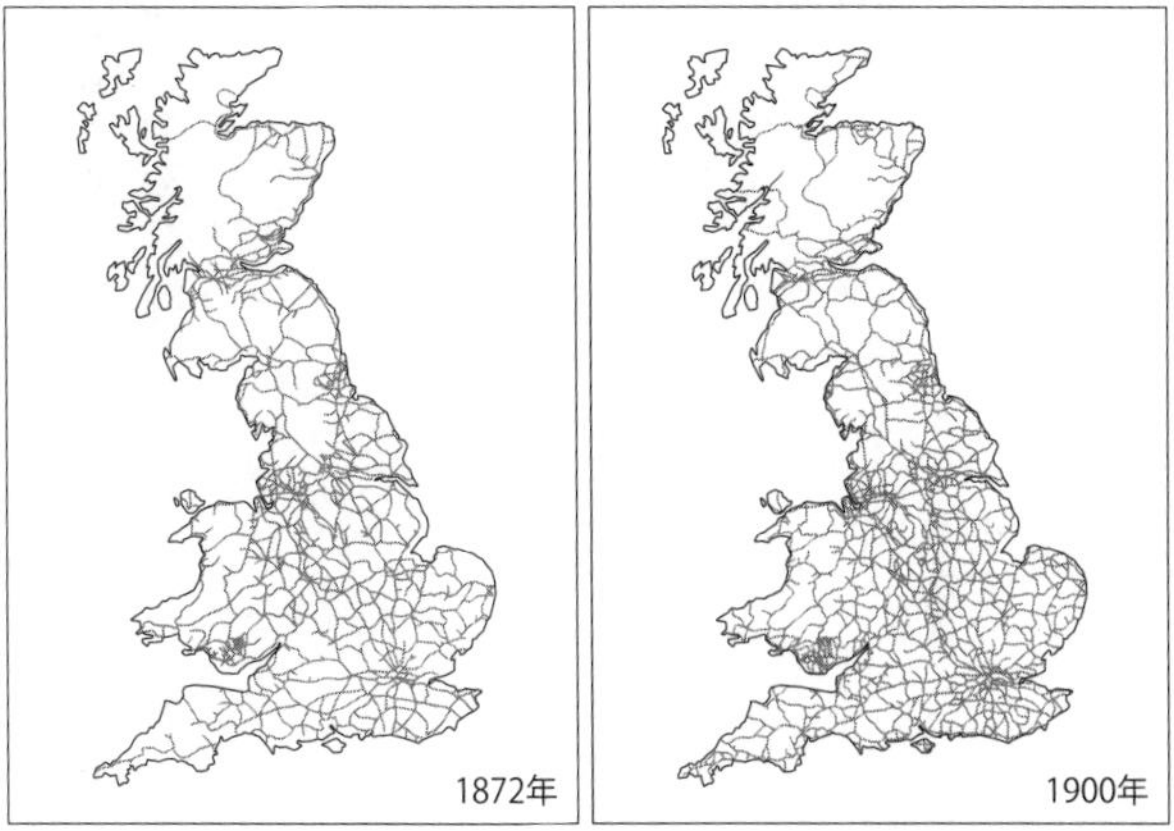

イギリス鉄道路線地図

奉職した。そこからイギリスのグラスゴー大学に留学すると、土木工学を修めて技師になり、このフォース橋建設の現場監督もした貴重な体験の持ち主である。フォース橋の構造様式と力学的原理を説明するために、渡邊を挟んで二人のイギリス人技師が両側に腰かけて実演している写真は有名で、その後スコットランド銀行発行の二〇ポンド紙幣に刷られたほどである。

渡邊は一八八八年（明治二一）に帰国後、いくつかの電鉄会社やメーカーの役員、東京石川島造船所の社長などを歴任している。漱石よりも一〇年以上前に優秀な日本人技術者がもうイギリスに渡り、大活躍していたことを、漱石はおそらく知らなかったであろう。

日本に鉄道が開通した一八七二年時点と一

漱石の留学していた一九〇〇年当時の鉄道路線地図を見ると、もう三万キロもの鉄道網が全国に張り巡らされており、飽和状態ともいう状態であった。

九〇〇年時点でのイギリスの鉄道延長は、

第五章　満韓ところどころ

シベリア鉄道の支線が満鉄となった

漱石の満州・韓国旅行は一九〇九年のことであり、一九〇五年の日露戦争終結、〇六年の南満州鉄道（満鉄）設立以降ほんとうに間もない時であった。日清戦争（一八九四〜九五年）以前から潜在的には、ロシアが日本の最大の脅威であり、かつ仮想敵国として焦点が絞られていた。したがって一八八五年に計画が発表されたシベリア鉄道の建設工事が進むにつれて、日本の懸念は強まった。

そして一九〇一年についに、満洲里《まんしゅうり》からウラジオストックまで、最短距離で満州を東西に突っ切る東清《とうしん》鉄道ルートを使って、シベリア鉄道はモスクワからウラジオストックまで全線が開通した。さらに東清鉄道の中間駅ハルピンから南下して大連に至る南満州支線も同時に開通したので、ロシアは満州のど真ん中にT字型のくさびを打ち込む格好となり日本は戦々恐々《せんせんきょうきょう》となった。

一九〇四年に日露戦争が始まると、ロシア軍はこれらの鉄道を使って兵士や兵器、物資を北から補給しつつ戦っていたが、まずロシア軍の陸海の要塞であった旅順で敗れ、朝鮮方面から来た日本軍に遼陽でも劣勢となってしまった。そうなると、ロシア軍は今度はこの鉄路を使って北方に撤退することになる。

追撃する日本軍もせっかく敷設されている鉄道を使わぬ手はない。ただ南満州線の軌間がロシア流の一五二〇ミリなので、日本の手持ち車両では走れない。そこで日本陸軍の鉄道部隊が一〇六七ミリの狭軌に狭めて、日本軍はロシア軍を追撃し、大連より三五〇キロほど北上した満州の首都・奉天《ほうてん》（現・瀋陽《しんよう》）の大会戦で日本軍が辛勝した。その後日本海海戦を経て終戦となった。

ポーツマスの講和会議で、日本は南樺太とともに遼東《りょうとう》半島の租借《そしゃく》権と南満州支線の大連〜長春間の鉄道運営権をロシアから割譲された。その線区の鉄道運営を基軸として産業政策、開発政策、植民政策などもおこなう殖民会社として一九〇六年（明治三九）一一月に設立されたのが、南満州鉄道株式会社すなわち満鉄であった。半官半民で払込資本金二億円の株式会社は当時わが国最大であった。民間引き受けの一億円の株式は一般に公募されたところ、大変な人気で何百倍もの申し込みが殺到した。その結果一個人ではとても買えず、結局、大倉、古河、岩崎、渋沢、三井銀行、安田銀行、三菱銀行などの大財閥が株主となったのである。満鉄は鉱業、製鉄、商事、映画、放送、通信、調査立案などあらゆる事業に関与して事業投資先は八〇社におよんだ。

満鉄の初代総裁は後藤新平であったが、一九〇八年にはその懐刀《ふところがたな》であった中村是公が二代目総裁に就任していた。

第二代満鉄総裁・中村是公

日露戦争に勝利した日本では国民の意気は上がり、自信を付けた軍部は、日露戦争の苦労を知ってもらうために、日露戦跡と満州の現地の実情を国民に広めようとした。それに迎合した満州見学旅行がはやりつつあった。朝日新聞社主催の現地体験見学旅行、高等師範学校の修学旅行など、漱石に先駆けての満州旅行はいくつか散見されるのであるが、この時代の満州はいまだ一般日本人が気楽に行ける地ではなかった。

当時は、大連や旅順のある遼東半島先端の「関東州」と大連〜長春間の満鉄本線に沿った左右両側数キロメートルの細い帯状の「鉄道付属地」だけが日本人が安心して居住・往来のできる地域であった。

そこを日本の関東軍と満鉄が支配・運営していたが、満州の北半分はハルピンを拠点としてロシアが東清鉄道の鉄道付属地を支配していた。そして満州のほぼ全域にわたって張作霖《ちょうさくりん》などの満州軍閥が支配していたのである。その後のロシア革命、満州事変、満州建国などのステップを踏んで一九三五年頃から、ようやく日本人が優勢になってきたに過ぎないのである。

中村是公のお誘い、『旧友とところどころ』？

漱石の満州・朝鮮旅行は親友・中村是公の誘いで実現した。これはロンドン留学時以外に漱石の経験した唯一の海外旅行で、一九〇九年（明治四二）の九月二日から一〇月一六日まで一ヵ月半をかけたものであった。

漱石の大学予備門時代に最も身近に苦楽をともにした中村是公が一九〇八年に満鉄の二代目総裁に就任して以来、熱心に満州・中国・朝鮮の周遊旅行へ漱石を誘っていたが、漱石の執筆スケジュールや胃痛もあって延び延びになっていた。それが『それから』を書き上げたところで漱石がようやく腰を上げたのである。

満州・朝鮮鉄道地図（1906年頃）

鉄嶺丸（商船三井提供）

是公は親友・漱石を招待して貴重な経験をさせてやりたいとの気持ちもあったろうが、満鉄を中心とした旅行記を人気作家に書いてもらい、満鉄を国民にもっと知らしめたいという計算も働いていたようである。すなわち好意と打算が相半ばする関係であった。

当初の是公の案では、満州→中国→満州→朝鮮と廻る予定であったが、漱石の体調もあって結局、中国行きはカットされて行程は短縮された。それでも、漱石からしても、当時の日本国民からしても、貴重で珍しい汽車旅行や乗り物が待っていたのである。

それでは漱石の『満韓ところどころ』や「日記」を中心に漱石の行程を辿ってみよう。日本への出張のあった是公は漱石をつれて一緒に満州に帰るつもりであったが間に合わず、一足先に満鉄に戻り、漱石を待つ格好となった。大連に向かう鉄嶺丸《てつれいまる》に漱石が乗ると、その事情を知らないのか、大阪商船の副社長、船長、事務長らから「中村総裁とご一緒のはずでは？」

と何回も聞かれてしまう。満鉄総裁がそんなに地位が高く、注目されているのかと驚いた漱石はいかにもおもしろく書いていた。

こうみんなが総裁総裁と云うと是公と呼ぶのが急に恐ろしくなる。仕方がないから、ええ総裁といっしょのはずでしたが、ええ総裁と同じ船に乗る約束でしたがと、たちまち二十五年来用い慣れた是公を倹約し始めた。この倹約は鉄嶺丸に始まって、大連から満洲一面に広がって、とうとう安東県を経て、韓国にまで及んだのだから少からず恐縮した。総裁という言葉は、世間にはどう通用するか知らないが、余が旧友一中村是公を代表する名詞としては、あまりにえら過ぎて、あまりに大袈裟で、あまりに親しみがなくって、あまりに角が出過ぎている。いっこう味がない。たとい世間がどう云おうと、余一人はやはり昔の通り是公是公と呼び棄てにしたかったんだが、衆寡敵せず、やむをえず、せっかくの友達を、他人扱いにして五十日間通して来たのは遺憾である。

（『満韓ところどころ』二）

しかし、大連への上陸直後から、漱石は言葉だけではない「総裁」の威光を見せつけられる。立派な公用馬車に迎えられ、豪壮な総裁公邸に連れていかれたのである。

その中に東京の真中でも容易に見る事のできないくらい、新しい奇麗なのが二台あった。御者が立派なリヴェリーを着て、光った長靴を穿いて、哈爾賓産の肥えた馬の手綱を取って控えていた。佐治さんは、船から河岸へ掛けた橋を渡って、鳴動の中を突き切って、わざわざ余をその奇麗な馬車の傍まで連れて行った。さあ御乗んなさいと勧めながら、すぐ御者台の方へ向いて、総裁の御宅までと注意を与えた。御者はすぐ鞭を執った。車は鳴動の中を揺ぎ出した。

門を這入って馬車の輪が砂利の上を二三間一軋ったかと思うと、馬は大きな玄関の前へ来て静かに留まった。石段を上って、入口の所に立つや否や、色の白い十四五の給仕が、頑丈な樫の戸を内から開いて、余の顔を見ながら挨拶をした。

(『満韓ところどころ』四、五)

漱石と馬車という乗り物との遭遇はなんといってもロンドン時代に集中している。乗合馬車には頻繁に乗り、ときには鉄道馬車にも乗っている。ただし、日本では熊本時代の教師仲間である山川信次郎と阿蘇から熊本への帰途に、路線馬車に乗ったくらいしか見当たらない。いわんや要人のお抱え馬車は漱石にとって初めての乗車体験であったはずである。

元来好奇心旺盛で、活動的、旅行好きな漱石であったが、あいにくこの旅行の辺りから胃痛が頻発するようになり、行動が極端に鈍っている。そのため不本意であったろうが、長らく大連に留まって、さまざまな旧友や知己、漱石に接したがる人たちとの会食や歓談などの冗長な時間が長くなった。その分見学旅行の範囲は狭まってしまった。だから『満韓ところどころ』ではなくて『旧友ところどころ』ではないかと皮肉る向きもある。そんななかではあるが、漱石の脳細胞はいろいろな物事を記録している。

ホワイト・フリート

　是公に馬車で大連市内を案内してもらっていると、路面電車や電動遊園地が建設中であった。開通直前の大連市電では試運転がおこなわれており、中国人の車掌は「発車往来！」などを繰り返していた。

　その間、ぐずついている漱石を尻目に、日本の近代史にとっても重要な一こまが繰り広げられていた。世界一の海軍国を目指すアメリカが「ホワイト・フリート」と称する最新鋭艦隊を世界巡航させており、日本を訪問したあと、大連港にもやってきたのである。日本政府は出先の満鉄総裁にできるだけ彼らを歓待するよう指令したのである。アメリカの建前は善隣外交の一環ではあったが、アメリカがおこなう海軍力のデモンストレーションで一番のターゲットは日本であったのだ。

後で本人に聞いて見ると、是公はその夜舞踏の済んだ後で、多数の亜米利加士官と共に倶楽部のバーに繰り込んだのだそうだ。そこで、士官連が是公に向って、今夜の会は大成功であるとか、非常に盛であったとか、口々に賛辞を呈したものだから、是公はやむをえず、大声を振り絞って（中略）ゼントルメン大いに飲みましょうとやるや否や、士官連がわあっと云って主人公を胴上にしたそうである。

（『満韓ところどころ』十二）

是公満鉄総裁は本国の指令に従って、苦手の英語をものともせず、アメリカの士官たちを大歓待した。そのパーティーに漱石も招かれていたのに、漱石は胃痛で欠席してしまったため、あとから是公の自慢話を聞いたのである。

大連滞在中、漱石は隣接する日露戦跡でもある旅順に足を運ばないわけにはゆかなかった。そこに設けられた戦利品陳列所では日本人将校から懇切丁寧《こんせつていねい》な説明を受けたが、それには漱石の関心がむかず、ロシア人将校夫人の履いていたたった一つの片足の靴が妙に心に引っ掛かった。

A君の親切に説明してくれた戦利品の一々を叙述したら、この陳列所だけの記載でも、二十枚や三十枚の紙数では足るまいと思うが、残念な事にたいていい忘れてしまった。しかしたった一つ覚えているものがある。それは女の穿いた靴の片足である。地が繻子で、色は薄鼠であった。（中略）

戦争後ある露西亜の士官がこの陳列所一覧のためわざわざ旅順まで来た事がある。（中略）そうしてA君に、これは自分の妻の穿いていたものであると云って聞かしたそうだ。この小さな白い華奢な靴の所有者は、戦争の際に死んでしまったのか、またはいまだに生存しているものか、その点はつい聞き洩らした。

（『満韓ところどころ』二十三）

内心、国家主義や軍国主義に反対で、平和主義、独立主義者の漱石は、この片足の婦人靴の持ち主が、悲惨な戦争のなかでどういう運命に翻弄《ほんろう》されたのかに、想いを馳《は》せたのである。

漱石先生専用のお召列車とトロッコ

一〇日間も滞留してしまった漱石がようやく大連を出発する日がきた。予備門の級友であった同行者・橋本に旅程をすっかり任せての出立である。是公以下大連駅での見送りも大変大仰《おおぎょう》であった。

立つ時には、是公はもとより、新たに近づきになった満鉄の社員諸氏に至るまで、ことごとく停車場まで送られた。貴様が生れてから、まだ乗った事のない汽車に乗せてやると云って、是公は橋本と余を小さい部屋へ案内してくれた。汽車が動き出してから、橋本が時間表を眺めながら、おいこの部屋は上等切符を買った上に、ほかに二十五弗払わなければ這入れない所だよと云った。なるほど表にちゃんとそう書いてある。専有の便所、洗面所、化粧室が附属した立派な室であった。余は痛い腹を忘れてその中に横になった。

(『満韓ところどころ』三十一)

一世一代の超豪華な空間に浸《ひた》った漱石と橋本が、三、四時間走って降ろされたのが熊岳《ゆうがく》城《じょう》駅であった。ここで下車したのはよいが、そこで乗せられたのはなんとトロッコであった。ここには温泉が湧き、有名になりつつあったが、旅館が駅から約四キロ離れているので、そのあいだはトロッコが通うのである。豪華客車からいきなりトロッコに乗り換えるこんなプランは、是公の企みだったのかもしれない。

満鉄貴賓列車

トロと云うものに始めて乗って見た。停車場へ降りた時は、柵の外に五六軒長屋のような低い家が見えるばかりなので、何だか汽車から置き去りにされたような気持であったが、これからトロで十五分かかるんだと聞いて、やっと納得した。

トロは昔軍人の拵えたのを、手入もせずに、そのまま利用しているらしい。（中略）先まで見渡すと、鉄色の筋が二本一栄えない草の中を真直に貫ぬいている。（中略）そうして軌道の両側はことごとく高粱であった。（中略）トロは頑丈な細長い涼み台に、鉄の車を着けたものと思えば差支えない。軌道の上を転がす所を、よそから見ていると、はなはだ滑らかで軽快に走るが、実地に乗れば、胃に響けるほど揺れる。押すものは無論支那人である。勢いよく二三十間突いておいて、ひょいと腰をかける。汗臭い浅黄色の股引が背広の裾に触るので気味が悪い事がある。すると、速力の鈍った頃を見計らって、また素足のまま飛び下りて、肩と手をいっしょにして、うんうん押す。押さなければいいと思うぐらい、車が早く廻るので、乗ってる人の臓器は少からず振盪する。余はこのトロに運搬されたため、悪い胃を著るしく悪くした。（中略）

苦しい十五分か廿分の後車はようやく留まった。（中略）玄関を這入って座敷へ通ると、窓の前は二間ほどしかない。（中略）

崖下にも家が一軒ある。（中略）あれは何だいと聞いて見た。料理場と子供を置く所になっていますと答えた。子供とは酌婦芸妓の類を指すものだろうと推察した。

（『満韓ところどころ』三十二）

なお台湾では「トロッコ」は極めて重要で各地に張り巡らされており「トロ」の愛称で呼ばれていた。それはサトウキビ畑やその周辺に建てられた製糖工場と鉄道本線を結び、サトウキビや砂糖の搬入・搬出に使うものであった。ここでも蒸気機関車が牽くものもあったが、人力で押す「トロッコ」がやたらと多かったようである。満州では大豆や高粱《こうりやん》の生産が多かったので、これらの輸送用のトロッコがかなりあったとも思われ、調べたが実態は不詳である。

日清戦争（一八九四〜九五年）や日露戦争（一九〇四〜〇五年）に出征した日本軍将兵が戦いに傾注したのは当然であったが、進軍の行程で温泉地を見つけることもあった。戦争が終わると、満州に進出した日本の軍人や民間人はさっそくそれらを日本の温泉のようにきれいに整備して使おうと努力した。満州では、熊岳城、湯崗子《とうこうし》、五龍背《ごりゅうはい》という三つの温泉地が注目され開発された。湯崗子には高級旅館が建てられたのに対して、熊岳城は河原を利用した砂湯が有名で庶民的であった。そのため、小中学生の夏季林間学校としても使われた。五龍背は大連からは遠く、安東に近い安奉線沿線だったので、距離的・時間的にやや不便であった。

満州は広い

熊岳城に一泊して汗を流し、すっきりした翌日からが満州旅行の本番である。まずは満州の中心都市・奉天に向かった。大地一面に広がる高粱や大豆畑などについて漱石はわずかしか書き残していないが、印象深かったはずである。

快晴。八時半起床。入浴。甚だ愉快。十一時発、奉天に向う。草山の頂より岩ザク

ザク出づるあり。高粱《コーリヤン》百里皆色づく。所々に矮樹《わいじゅ》あり。豆畠漸く繁し。（中略）
三時奉天着。満鉄の附属地に赤煉瓦《あかれんが》の構造所々に見ゆ。立派なれどもいまだ点々の感を免かれず。瀋陽館の馬車にて行くに電鉄の軌道を通る。道広けれど塵埃《じんあい》甚し。左右は茫々《ぼうぼう》たり。漸くにして町に入る。（『日記』九月一九日）

漱石は奉天からは支線に乗って石炭の大規模露天掘りをする撫順の見学に向かった。


昨夜、和田維四郎一行七、八人着。随分な話で持ち切る。騒擾《そうじょう》。朝五時、眠いところを起さる。六時撫順《ぶじゅん》に向け出発。九時二十分着。家屋所々に建設中。芝居。病院。学校。その他悉く煉瓦にてかつ立派なる建築也。

大山坑七百六十尺。九百尺（径二十一尺）。Gas-works 発電所 2200v. 二。water-works。タンク。煉瓦製造。一昨年四月より。一年は殆んど建築。

煉瓦の構造殆んど variety ありて皆風雅。太田技師の設計にかかる。

石炭は夏は営口、冬は大連。しかし冬は大連も豆が大事也。故に港の必用を感ず。

多くの石炭貯蔵するのは大変也。

五時の汽車で八時頃奉天着。

（『日記』九月二一日）

撫順炭坑は日本にとっても注目すべき資源の採掘場だったので、満鉄は炭坑設備だけでなく、煉瓦を使って炭坑城下町造りをおこなっていた。『日記』に発電所の電圧二二〇〇ボルトなど技術的な要素を書き留めていることからも、漱石の理系的素養と関心が十分うかがい知れよう。この見学は日帰りで慌ただしかった。夕食を奉天の中華料理店ですまし、すぐ奉天を発ってハルピンに向かった。

支那人の食堂にて夕食。露西亜人多し。博賭《ばくち》をやっている奴あり。寝台車に入る。足りるとか足りぬとかにて大騒ぎなり。ボイがまぐれ当りに下列の向き合ったのを二つ見出してくれる。カーテンを立て切ると暑い。〔二十二日〕寐ていると、四時ですといって起しにくる。顔を洗う。汽車とまる。向う側に露西亜の列車が待っている。また部屋があるとかないとかで大混雑なり。長春の駅長が部屋を取って置いてくれる。

（中略）

生憎《あいにく》の北京からの連絡日にて乗客雑沓《ざっとう》せり。

長春さほど寒からず。二十二日也。

九時二十分停留の停車場につく。稍寒《ややさむ》の感あり。飲食店に入れば旅客争って物を食う。ソップを皿に注《つ》いで自分で食っている奴あり。

十時過松花江を通る。大砲を備う。渡江沿岸沮洳《そじょ》の地、風光好。

露助の油揚のパンを食う。中に米の入りたるものと、肉の入りたるものと、カベッツの入りたるものとの三種あり。

汽車中よりハルビンを望む。洋屋層々として規模宏壮に見ゆ。停車場につく。（中略）市街を通りて大きな店に入る。二階にて外套を買う。二十二円なり。（中略）それから公園に行く。奥に芝居をやり、舞踏をやり、酒を呑《の》む場所あり。いずれも粗末なものなり。それから松花江の石橋を見る。日露戦争の時これを破壊せんとして成らざりしものという。長い橋也。それから支那人の市街を見る。日本人の飲食店あり。

露助が赤い衣服を着て御者になる。馬は必ず二頭。

新市街は大分立派な家がぽつぽつす。


（『日記』九月二一日）

二日続けて漱石の『日記』を長々と引用したのは、そこに重要な鉄道事情、長春駅の喧噪、ハルピン市内の情景が生き生きと描かれているからである。まず奉天からハルピンに行くには途中、長春で乗り換えなければならなかった。長春までが標準軌の満鉄本線、そこからハルピンまでが広軌のロシアが経営する東清鉄道であったからである。この乗り換えに相当混乱があったようであるが、是公の指示で長春駅長が万端、手配してくれていた。ハルピンは「東洋のパリ」にしようとロシア人が街造りを懸命におこなっていた途上なので、宏壮な部分とまだ粗末な部分が混在していたようである。

軽便鉄道・安奉線は欧亜連絡ルートに大栄進

漱石一行は撫順炭坑からは一旦奉天に戻り、そこから北上してハルピンに一泊後、戻る格好で南下して長春に一泊、奉天に二泊したあと、そこから安奉線に乗って二日がかりで朝鮮国境の安東に向かった。

朝七時過、安奉線に向って出発。軽便鉄道にて非常の混雑名状すべからず。（中略）石橋子より道漸《ようや》く山に入る。山に樹あり。迂回《うかい》、大嶺を上る。トンネルの両側より道を作りつつあり。山上に天幕を張ってクーリー、蠅の如く休息す。始めて清流を見る。雲山角にあらわる。山角がちょっと陰になっている。（中略）

渓流あり。

祁家堡。

橋頭にてとまる。祁家堡に置いて来た半分の列車を引きに返るため也。（中略）

八時過、草河口に着。日新館に宿る。湯に入る。普請中にて星を望むべし。山間の小駅也。客室皆塞《ふさ》がる。　（『日記』九月二六日）

快晴。七時半の汽車に乗る。寐ながら山を見る。山に日が当る。そうして木が光る。宿の四方、皆草木ありて不愉快なる砂土見えず。鶏鳴を聞く。

草河口より通遠堡に至るの間。山の木、形、畠の具合日本に似たり。粟《あわ》を刈る饅頭笠や〔以下なし〕

鶏冠山に来り。休息。午飯。うどん御手軽酒さかな等の暖簾《のれん》あり。

二時四十分、鳳凰城《ほうおうじょう》着。三等列車一台買切の支那人の一家族下る。

五龍背に温泉あり。（中略）温泉場は汽車からよく見える。清楚なり。

七時半、安東県につく。月の夜に鴨緑江《おうりょくこう》を見る。狭いと思ったら広い所は二哩《マイル》ある由。車を駆りて玄陽館に赴く。車上通る所悉《ことごと》く日本市街なり。これには意外の感あり。満洲はまだこれほどに発展せず。その代り家屋は皆日本流なり。鍋焼饂飩《なべやきうどん》が通る。　（『日記』九月二七日）

当時、安奉線の車両は小型で窮屈であり、また、山岳線でもあったので、スピードも出なかった。ただし、広漠たる平野に比べると、山紫水明なルートであったために景色は大いに楽しめた。山上の旅館で一泊し、翌日二日がかりで安東に着いた。朝鮮の新義州《しんぎしゅう》の対岸にある安東（現・丹東）は日露戦争中から日本人が進出し、満州でも最も日本様式が持ち込まれていた。屋台の鍋焼きうどん屋までが通ることに、漱石も驚いている。まだ鴨緑江には架橋されておらず、船で対岸の新義州に渡ったことも時代を感じさせる。

安奉線（『安奉線改築工事記念写真帖』）

そもそもこの安奉線は日露戦争中に日本陸軍・鉄道部隊が朝鮮ルートでの兵站《へいたん》輸送のため、急きょ造った軽便鉄道である。山岳地帯に七六二ミリという狭い軌間で敷設《ふせつ》され、急坂と急カーブの連続であった。特に列車が急な登り坂に差しかかると、当時の非力で小型の蒸気機関車では、そのまま列車を牽引することができなかった。それで客車を一旦切り離し、SLはその一両ずつ、何回も往復して引っ張り上げていたのである。

こうした道中で、漱石は異様な光景を見た。「トンネルの両側より道を作りつつあり。山上に天幕を張ってクーリー、蝿の如く休息す」といっているのは、この安奉線を標準軌の本格的路線に改築するためにトンネルを掘り、カーブや勾配を緩くし、路盤を強化するような一連の工事が、クーリー（中国人労働者）を大勢使っておこなわれていた光景を伝えているのである。この工事は一九一一年（明治四四）に完成し、それによって安東～奉天間は約五時間の行程へと格段にスピードアップされた。また、同時に新義州～安東間の鴨緑江の鉄橋も完成したので、朝鮮から満州へ列車が直通できるようになったのである。

朝鮮に入ってから漱石は新義州～京城《けいじょう》（現在のソウル）間の京義線《けいぎせん》、京城～釜山《ふざん》間の京《けい》釜線《ふせん》を通って南下したが、両線とも日露戦争や大陸進出を念頭にして実質日本が建設したものであった。その結果、下関から関釜連絡船で釜山へ、そこから京釜線・京義線、安奉線と乗り継ぐと奉天に達する。そこから南西に向かえば北京に通じるし、北上してハルピンを経由すれば、シベリア鉄道を使ってモスクワ、さらにヨーロッパに行くことができ、「欧亜連絡ルート」と呼ばれた。

一方、満鉄本線の大連～長春間には一九三四年に「特急あじあ」が走りはじめ、東洋一のスピードとエアコンの効いた快適性と素晴らしい流線形を誇っていた。

伊藤博文公の遭難

『満韓ところどころ』で描写されているのは九月二日〜九月二七日の二五日間の満州の旅程部分だけであるが、漱石の満韓旅行は一九〇九年九月二日〜一〇月一六日であり、約四〇日間東京を留守にしたことになる。そして漱石が自宅に落ち着いて一〇日経った一〇月二六日に、伊藤博文《ひろぶみ》がハルピン駅頭で朝鮮人・安重根《あんじゅうこん》によって暗殺されたのである。漱石にとっては単に大ニュースというだけでなく、ハルピンには一ヵ月余り前に滞在したので記憶が新しい。それだけではない。犯人が乱射したピストルはお供をしていた満鉄総裁・中村是公の衣類、理事の田中清次郎の右の靴をも貫通した。伊藤博文が胸・腹部に被弾して「三発もらった、誰だ」といって倒れたとき、中村是公はすぐに駆け寄って伊藤を抱きかかえ、ロシア軍の将校と兵士の介助で列車内に運び込んだのである。だから漱石の驚愕と生々しさは尋常ではなかった。

一九〇九年六月に、伊藤博文公爵は韓国統監を退任して枢密院議長に就任していたが、満州・朝鮮問題についてロシア蔵相ウラジーミル・ココツェフと会談するために、外交団を連れて、一〇月二六日午前九時、ハルピン駅に到着した。伊藤らが列になってロシア要人らと握手を交わしていたところに、群衆を装って近づいていた安重根が、ロシア兵の隊列の脇から手を伸ばし、一〇歩ほどの至近距離から七連発銃の全弾を乱射した。医師たちが懸命に止血したが程なく伊藤は絶命した。

この伊藤公遭難事件も含めた漱石の「韓満所感」という随筆が一九〇九年一一月五日と六日付けの満洲日日新聞に二回にわたって掲載されていた。重要箇所を抜粋してみよう。まずは伊藤公遭難絡みのショックの大きさを漱石の文章で自ら語ってもらおう。

昨夜久し振りに寸閑《すんかん》を偸《ぬす》んで満洲日日へ何か消息を書こうと思い立って、筆を執りながら二三行認《したた》め出すと、伊藤公が哈爾賓《はるびん》で狙撃《そげき》されたと云う号外が来た。哈爾賓は余がつい先達て見物に行った所で、公の狙撃されたと云うプラットフオームは、現に一ヶ月前に余の靴の裏を押し付けた所だから、希有《けう》の兇変《きょうへん》と云う事実以外に、場所の連想からくる強い刺激を頭に受けた。ことに驚ろいたのは大連滞在中に世話になったり、冗談を云ったり、すき焼のご馳走になったりした田中理事が同時に無事であったと云う報知であった。（中略）今朝わが朝日所載の詳報を見ると、伊藤公が撃たれた時、中村総裁は倒れんとする公を抱いていたとあるので、総裁も亦た同日同刻同所に居合せたのだと云う事を承知して、また驚いた。

次に話題はがらっと変わり、満韓国の在留邦人は新しいことを自由にできるので元気闊達に動いていること、また、内地に比べて報酬や待遇がかなりよいことに漱石は驚いている。

満韓を経過して第一に得た楽天観は在外の日本人がみな元気よく働いていると云う事であった。内地のものは大概蒼い顔をして多くは滅入ている。（中略）どこへ行っても、自分の経営している事業や職務について、懇切丁寧に説明してくれる。（中略）満韓で逢った人で、もう駄目だから内地へ帰りたいなどと云ったものは一人もない。（中略）是は内地と違って、諸種の経営が皆新らしいので、若い人の手腕を揮《ふる》う余地のあるのと、小舅の様なものが、干渉がましい事を云わずに、（中略）当事者の意見が着々実行出来るのと、最後には其実行に対する報酬が内地の倍以上に高価に仕払われるからであろうと思う。韓国での話に、此方の巡査は五十円程になるから、晩に麦酒の一杯も飲める。然し内地へ帰ると十円内外の月給に切り詰められて苦しくって堪らなくなるので、また此方へ来たくなるんだと聞いた。

最後はある意味で一番注意しなければならない文章かも知れない。欧米人には卑屈な日本人も、中国人や朝鮮人に対しては上から目線で何でも平気で言動ができる。そしてそれを「日本人に生まれてよかった」と安堵するところは、いくらインテリの漱石でも福沢諭吉のいった「脱亜入欧」に通じてしまうことは否定できないであろう。

同時に、余は支那人や朝鮮人に生れなくって、まあ善かったと思った。彼等を眼前に置いて勝者の意気込を以て事に当るわが同胞は、真に運命の寵児《ちようじ》と云わねばならぬ。京城にある或知人が余に斯う云った。——東京や横浜では外国人に向って、ブロークン・イングリッシを話すのが極りが悪くって弱ったが、此地に来て見ると妙なもので、ブロークンでも何でもすら〳〵出るから不思議だ。——満韓にある同胞諸君の心理は此一言で莫大部分を説明されはしなかろうか。

第六章　漱石と人力車・馬車・自転車

人力車の隆盛

漱石の作品のみならず、戦前の文学作品を読むと、「車」「俥《くるま》」という単語が多出する。これは「人力車」を指しており、いかに日常の身近な交通機関として人力車がよく使われたかの証《あか》しである。漱石の存命期間である一八六七年（慶応三）～一九一六年（大正五）の半世紀はまさに人力車の全盛期で、漱石が自分の居住地であった東京、松山、熊本のほか、旅先で人力車に乗った回数は数えきれない。

その人力車の起源については、日本人が発明した日本固有の乗り物だといわれてきたが、一六六八年にパリで「ビネグレット」と称される人力車が使われたという説もあり、そうすると日本より二〇〇年も早いことになる。

それでは日本では誰が発明したのか、なかなか特定できないが、発明より実際に製造・販売した者の勝ちである。その意味では秋葉大助の興した秋葉商店が有名である。秋葉は東京商業学校（現・一橋大学）を出た人材を婿に迎えてから、銀座四丁目の店舗を改装して本所に新工場を建て、ダンロップと提携してゴム・タイヤを採用した。輸出にも力を入れたが、路面電車や自動車の普及などによって日本でも海外でも人力車の需要は下火となり、一九二三年の関東大震災を契機に秋葉商店はついに閉じられた。

人力車

さて、人力車は人が牽くにもかかわらず徒歩よりも速く、平均的に時速六〜七キロは出ていたようである。当時としてはこの速さ、安全性、玄関先まで乗りつけられるという小廻りのよさが大いに受けて、維新後五年経った一八七二年までに、東京市内に一万台あった駕籠《かご》は完全に姿を消し、人力車は四万台まで増加した。ほどなく大阪やその他の都市にも伝播し、ピークの一八九六年（明治二九）の全国登録台数は二一万台に上った。このように大いに普及した人力車に対して、各自治体ごとに「人力車取締規則」が制定され、そこには検査を受けて登録証を保持すること、服装の規定、強引な客取り、客の希望しない場所に連れ込まないこと、安全交通、夜間の無灯火走行禁止、公正な料率の設定などが規定されていた。

人力車の構造を見ると、初期は鉄輪《かなわ》でバネ装置も貧弱、道路も未舗装の砂利道が多かったので、その振動や騒音はひどく、乗り心地ははなはだ悪かった。そのため人力車に乗った妊婦が流産したり、夜間走る人力車からは鉄輪と砂利が擦れて発する火花も見られたと伝えられている。大正に入ってゴム輪や空気入りゴム・タイヤへと進歩したことは自転車と同じである。その間、雨でぬかるんだり、晴れれば砂ぼこりが舞った道路が、簡易舗装されてきた点も人力車にとっては大きな福音《ふくいん》であった。

人力車夫たちを見ると、最初は人力車によって職を失った駕籠《かご》かきの多くが、皮肉にも人力車の車夫に転職したし、都市に流入した下層階級の人たちによっても担われた。この辺りは横山源之助著『日本の下層社会』（岩波文庫）にも詳しく述べられており、車夫もいろいろな立場と身分がわかれていたことがわかる。「お抱え」（個人、役所、会社などの雇用車夫）、「やど」（車宿の車夫）、「ばん」（一定の駐車権を持っている車夫）、「もうろう」（流ししかできない車夫）といった分類になるが、「お抱え」と「やど」はハイヤーの運転手、「ばん」と「もうろう」はタクシーの運転手に近いと見てよいであろう。さらに「ばん」は概して人力車を自己保有しているのに対して、「もうろう」は借り賃を払って人力車を借りているケースが多く、人力車夫の底辺を構成していた。

人力車が隆盛になると、いろいろな人力車批判論が出てくる。まずは「人力車無駄使い論」で一部の役所や会社では、「むやみに人力車を使うな」と、今でいう「タクシー乱用禁止」といった声が上がり、実際、一八八六年には東京府庁が「人力車乱用禁止」を通達している。

一方、車夫の貧しい生活まではよく見えないとしても、酷暑の日や風雨の日でも客を乗せて走る車夫の労働条件は傍目《はため》にも過酷で、人権無視への批判論は強まった。当時の新聞を見てみよう。

昔しの諺にも「駕籠に乗る人担ぐ人、肩の痛さに腰の痛さよ」と云へる事あり、（中略）高帽巍然《こうぼうぎぜん》黒塗の手車に乗り口に舶来のシガーを吹かし揚々として沙塵《さじん》を輪端に揚げつゝ人に向ては仁者《じんしゃ》の言を説くなり、然れども此説を最も主張するものは欧米人なり、（中略）我邦に来遊し人力車の御蔭を以て軽便に安直に諸処の各所を遊覧しながら本国に帰りては「日本人は残忍なり同胞をして我が車を挽《ひ》かしむる」など、悪言を吐く、

（『都新聞』一八九四年〈明治二七〉三月一六日）

このように日本人も外国人も大半は、心の片隅に罪の意識は持ちつつも、安直・気楽に利用できる人力車の利便を享受していたのである。

それではその人力車の運賃はその時代の物価としてどの程度であったのか、数値的に調べてみよう（表「人力車の運賃」）。

現在の地下鉄やバスの運賃に比べると三倍くらい、タクシーに比べると三分の一から二分の一辺りに該当しようが、ドア・トゥー・ドアで一人占めできる交通機関としてはきわ

人力車の運賃

年代と場所（出典）	区間（距離）	運賃	現在換算	現在価値（約）
1903年 大阪市内（第5回内国勧業博覧会）	梅田駅〜天王寺駅（7.5km）	22銭	約3600倍	790円
	梅田駅〜難波駅（4.1km）	15銭		540円
	梅田駅〜淀屋橋駅（1.3km）	6銭		220円
1909年 福岡市内（地図上の運賃表）	薬院門〜県庁（0.8km）	7銭	約3200倍	220円
	博多駅〜福岡日日新聞（1.5km）	10銭		320円
	西中島橋〜西公園（3.3km）	17銭		540円
	筥崎宮〜赤坂門（4.5km）	23銭		740円

（現在価値への換算は『物価の文化史事典』の消費者物価変動に準拠）

めて安い。これなら上層階級ならもちろんのこと、中産階級でも安直に使えたはずだ。そして人力車の使い方の一つでこんな方法もあったのかと気づく場面がある。『明暗』のなかで、妻お延と吉川夫人を会わせたくない津田由雄は、「病院へ来てはいけない」と急いで妻に知らせる必要があったが、手紙では時間がかかってしまう。このようなとき、手紙を車夫に託して相手方に届ける方法があったのだ。しかも、きわめて急いでいた由雄は、車夫に電車に乗ってゆくように命じている。「車夫はまた看護婦の命令通り、それを手に持ったますぐ電車へ乗った。それから教えられた通りの停留所で下りた。（中略）彼は、何の苦もなくまた名宛《なあて》の苗字《みようじ》を小綺麗《こぎれい》な二階建の一軒の門札《もんさつ》に見出《みいだ》した」とある。車夫とて、これなら人力車を汗水垂らして牽くよりは楽だし、同じようなお駄賃ももらえたのであろう。

人力車は一八七〇年代半ばから中国を中心として東南アジアやインドに至るアジア各地への輸出が始まっていた。実際どのくらいの台数が輸出されていたかの統計は、二〇世紀に入ってからの分しか判明しないが、一九〇二年から一九一一年までの一〇年間の推移を見ると、年間合計で一万台前後輸出されていたことがわかる。ただし中国では日本を模倣して人力車工場が各地に建てられ、上海には大小一〇〇を超える人力車工場があったといわれている。このようなアジアの諸都市でも、人力車夫は都市に移住してきた地方労働者の最初にありつく仕事であった。漱石もロンドン留学の往来時に上海、香港、シンガポールなどで、満韓旅行時には大連、平壌《へいじょう》（現ピョンヤン）、京城《けいじょう》（現ソウル）などでずいぶん人力車に乗っている。

日本では乗合馬車には縁遠かった漱石

漱石の全作品を見ても、「馬車」とか「鉄道馬車」という言葉は、ロンドン留学時代を除いて日本国内においてはほとんど出てこない。漱石の生きた一八六七年（慶応三）から一九一六年（大正五）までの約半世紀において、馬車と鉄道馬車は欧米では重用されて、交通手段としてとても重要であった。欧米では以前から道路の整備もよく、馬車や鉄道馬

馬車の開業年と鉄道の開通年

区間	馬車開業年	鉄道開通年	馬車営業期間
東京〜横浜	1869年	1872年	3年間
東京〜高崎	1871年	1884年	13年間
東京〜宇都宮	1873年	1885年	12年間
東京〜八王子	1872年	1889年	17年間
境〜福島	1872年	1887年	15年間
大阪〜京都	1872年	1875年	3年間
札幌〜函館	1872年	1904年	32年間

車は鉄道の開通以前から身近な日常の交通機関として定着したのに対して、日本はそうではなかった。日本には、鉄道と馬車は明治になって同時に入ってきた。同時に入ってくれば、陸蒸気のインパクトの方が強く、馬車は最初から脇役的存在にしかなれず、以前は主役であった欧米とは根本的に異なるのである。

乗用馬車は日本でも開港後、外国人によって横浜の居留地や京浜間で走りはじめたが、一八六九年（明治二）には日本人経営の乗合馬車が京浜間で開業した。七二年に汽車が開通すると、この区間は廃業するが、乗合馬車は新橋や品川で客を送り迎えするようになった。幹線鉄道が開通するまでの時期においては、東京〜高崎間、東京〜宇都宮間、東京〜八王子間、東京〜福島間、福島〜仙台間、東京〜栗橋間、東京〜千葉間、東京〜八王子〜甲府間、東京〜小田原間、大阪〜京都間、札幌〜函館間などで乗合馬車が走り出した。このうち札幌〜函館間のみが官営で、他路線は民営であった。なお高崎、宇都宮、福島、八王子は当時横浜で人気のあった絹織物の集散地であり、貿易港と産地間で人・物を運ぶ交通手段としても重要であった。これらの路線馬車は逓信省《ていしんしょう》から郵便物の運搬も委託されたので、「官営郵便馬車」の称号と章旗に保護されて箔もついていた。これら幹線ルートにはだんだんと鉄道が敷設されて路線馬車は駆逐されたが、全国を網羅する鉄道敷設には時間を要したので、全国の乗合馬車は増え続け、一九一六年には約九〇〇〇台というピークを示している。乗合馬車については鉄道のような全国的な一覧資料はないが、東京近辺では上尾～川越間、大宮～川越間、千住～川越間、浦和～越谷間、大宮～岩槻～春日部間など、全国的に見ても、起《おこし》～一宮間、広島～宇品間、新居浜～西条間などと多方面に走っていたのである。こうした事実は、東京などの大都会の住人にはとても認識できなかったに違いない。

一方、東京市内での乗合馬車は、一八七二年（明治五）に浅草～日本橋～銀座～新橋間に通い出すと、なかなかの繁盛を示し台数も増えていった。その間二頭に牽かせる二階建て馬車も登場したが、大きすぎ、重すぎて当時の道路では対応できず、死傷事故を起こして禁止となった。

そして一八八二年（明治一五）一〇月には新橋～浅草間一六キロの区間に四フィート六インチ軌間の鉄道馬車が開通すると、乗合馬車はたちまち劣勢に立たされてしまった。鉄道馬車は木造で定員二四～二八名、二頭牽きで、御者、車掌が各一名乗車した。最初三〇

『東京名所 日本橋京橋之間鉄道馬車往復之図』

～四〇台で開業したが、業績は順調で一九〇二年時には車両三〇〇台、馬匹二〇〇〇頭に達した。やがて〇三年にこの区間は電化されて路面電車に代替された。

古老の話によれば、乗合馬車の粗末さや揺れに比べ、鉄道馬車は華麗で乗り心地が段違いだったという。ただし設備も乗り心地も劣る乗合馬車も、運賃が安いために鉄道馬車と共存して走っていたのである。明治一〇年代には、落語家の四代目橘家円太郎が乗合馬車の御者のまねをして評判になって、「円太郎馬車」と愛称され、最盛時は一〇〇〇台近くに達した。乗合馬車も浅草～上野～神田～日本橋～銀座～新橋～品川間が主体であったが、本所～洲崎間にも走っていた。

さて漱石の行動を辿っても、東京市内の乗合馬車にも鉄道馬車にも乗った記述がまったく出てこない。そもそもそのころ漱石はこれらを使う必要がなかったのかを調べてみたい。それには漱石が東京のどこに住んでいたのかが大きく関係していそうである。一八六七年から九五年までの二七年間の漱石の居所と通学、通勤先の推移を調べると表「漱石の居所

漱石の居所の推移

年	時代区分	居所	通学・通勤先	備考
1867〜1874	幼少時代	四谷〜塩原家		ほとんど塩原家で過ごす
1874〜1877	小学校時代	牛込馬場下横町	市ヶ谷小学校（神楽坂）	
1877〜1879			錦華小学校（御茶ノ水）	
1879〜1882	中学校時代		府立一中正則科（一橋）	
1882〜1883			二松学舎（麹町）	
1883〜1884			成立学舎（駿河台）	
1884〜1887	高等学校時代	神田猿楽町	大学予備門予科（一橋）	下宿
1887〜1890		本所両国	大学予備門本科（本郷）	江東義塾の寮
1890〜1893	大学時代	牛込馬場下横町	帝国大学（本郷）	
1893〜1895	講師時代		東京高等師範学校（御茶ノ水）	

の推移」の通りである。

この期間は漱石が生まれてから生徒、学生、そして講師として過ごした時代である。したがって漱石の日常の行動範囲は、自宅ないし下宿や寮から学校までの往復であるが、概して距離は短く、当時の常識として、十分徒歩通学・通勤ができたのではなかろうか。

漱石の乗合馬車に乗った希少な記録は『二百十日』のなかで、阿蘇から熊本に帰る場面で描かれた次の記述であろう。二人の青年、圭さんと碌さんは阿蘇の各地を巡ったあと、いよいよ阿蘇山に登ろうとするが、二百十日の嵐に出くわし、目的を果たせぬまま宿場に舞い戻ってしまった。やむなく翌朝二人は、乗合馬車で熊本へ戻ることになってしまったが、いつか阿蘇山への再挑戦を誓うのだった。


「(中略) 馬車は何時に出るか聞いて貰いたい」

「馬車でどこへ行く気だい」

「どこって熊本さ」

「帰るのかい」

「帰らなくってどうする。こんな所に馬車馬と同居していちゃ命が持たない。ゆうべ、あの枕元でぽんぽん羽目を蹴られたには実に弱ったぜ」(中略)

「(中略) 馬車は何時と何時に出るかね」

「熊本通いは八時と一時に出ますたい」

「それじゃ、その八時で立つ事にするからね」(中略)

「(中略) 八時の馬車はもう直ぐ、支度《したく》が出来ます」


(『二百十日』五)

「二百十日」とは立春から二一〇日目の日で、年により異なるが、八月三一日から九月二日までのあいだで、天候が荒れやすいという伝承があることから付けられた題名で、このときも天候は的中した。漱石が熊本時代に、五高の同僚教師の山川信次郎とともに一八九九年八月二九日から九月二日にかけ阿蘇登頂を試みたが、二百十日の嵐に遭い断念したときの旅行を題材にしている。一九〇六年一〇月に『中央公論』に発表されたが、漱石の作品中では目立たない地味なものである。

自転車を習った漱石先生

漱石は『自転車日記』という短編を残し、書中に次のように述べている。ロンドン時代に、下宿の婆さんに勧められて何日か自転車に乗る練習をしたことは確かである。

西暦一千九百二年秋忘月忘日（中略）余に向って婆さんは（中略）命令的に左のごとく申し渡した、
自転車に御乗んなさい
（中略）監督兼教師は○○氏なり、
（中略）自転車を抱いて坂の上に控えたる余は徐《おもむ》ろに眼を放って遥《はる》かあなたの下を見廻す、監督官の相図を待って一気にこの坂を馳《か》け下りんとの野心あればなり、坂の長さ二丁余、傾斜の角度二十度ばかり、路幅十間を超《こ》えて人通多からず、左右はゆかしく住みなせる屋敷ばかりなり、（中略）人の通らない馬車のかよわない時機を見計ったる監督官はさあ今だ早く乗りたまえという、（中略）

乗るべく命ぜられたる余は、疾風のごとくに坂の上から転がり出す、（中略）車はすでに坂の中腹へかかる、今度は大変な物に出逢《であ》った、女学生が五十人ばかり行列を整えて向《むこう》からやってくる、（中略）絶体絶命しようがないから自家独得の曲乗のままで女軍の傍をからくも通り抜ける。ほっと一息つく間もなく車はすでに坂を下りて平地にあり、けれども毫《ごう》も留まる気色《けしき》がない、（中略）自転車は我に無理情死を逼《せま》る勢でむやみに人道の方へ猛進する、とうとう車道から人道へ乗り上げそれでも止まらないで板塀《いたべい》へぶつかって逆戻をする事一間半、危くも巡査を去る三尺の距離でとまった。大分御骨が折れましょうと笑ながら査公が申された故、答えて曰《いわ》くイエス、

（『自転車日記』）

ここに漱石がいう「監督兼教師」とは小宮豊隆の従兄に当たる犬塚武夫であり、偶然同じ下宿であった漱石が神経衰弱気味であったのを気の毒に思い、気晴らしに自転車の稽古

に引っ張り出したらしい。これが縁となって豊隆が第一高等学校を卒業し、一九〇五年九月に東京帝国大学文学部独文科に入学する際に犬塚に連れられて漱石邸を訪問し、知遇を得るきっかけになったのである。この試乗はまことに危なっかしいものであったのか、それに懲《こ》りたのか、帰国してから没するまで、漱石が日本で自転車に乗ったという記録はない。

　ちょうど漱石がロンドンに留学した一九〇〇～〇二年辺り、すなわち二〇世紀に入る頃が、日本の自転車事情の大きな境目で、希少で高価な輸入品時代にかわって国産品がしだいに登場してきたのである。

　世界初の自転車は一八一七年にドイツ人の発明によるもので、足で地面を蹴って進む木製であったが、ペダルをこぐ自転車は一八六〇年代後半にフランス人が発明した。ちょうど漱石が生まれた明治維新の頃に、ようやく自転車らしい自転車が世の中に登場したのである。発明はドイツ・フランスだったかもしれないが、工業化は産業革命のリーダーであったイギリスが担った。前輪が後輪に比べて著しく大きい自転車でこれがオーディナリー型と呼ばれたのだからおかしくなるが、これが当時の標準型だったのである。そのうち、アメリカでも自転車生産がさかんになって一八八〇年代にはこのタイプの自転車が数十万台普及したらしい。しかし走行の不安定さや危険性が指摘されて、このタイプはだんだんと下火になり、この頃から前輪と後輪の大きさが同じで、後輪をチェーンで駆動するほぼ

自転車進化三様図絵（左から足蹴り型、オーディナリー型、セーフティー型）

現代と同じセーフティー型が普及するようになった。また一八九〇年代以降、タイヤも空気の入っていないゴム・クッション式タイヤから空気入りゴム・タイヤに進化していった。そして二〇世紀初頭に、それまではペダルは車輪と一緒に廻っていたのが、足を乗せたまま車輪を空回りさせられるフリー・ホイール機構が発明されて、ようやく原理的には現代の自転車にきわめて近づいたのである。この間、大量生産が得意なアメリカが自転車生産にも加わったので、生産コストは下がり、自転車は広く普及してゆくのである。

そんな自転車製造技術の端《は》境《ざかい》期《き》にあたる一九〇二年に、ロンドンで漱石が乗った自転車はセーフティー型であった可能性が高い。空気入りゴム・タイヤであったかの保証はなく、ましてやフリー・ホイール機構が付いていたかどうかはかなり疑わしい。漱石は日本人としても一六〇センチ弱とやや小柄であったが、若い頃は器械体操などもこなし、決して運動神経が鈍い方ではなかった。その漱石が初めて乗ったとはいえ、また大げさな諧謔趣味的表現とはいえ、七転八倒苦戦している光景を見ると、同情せずにはいられなくなってくる。

さて、日本の文豪で自転車を描いているのは志賀直哉である。彼の書いた『自転車』は晩年に書いた短編随筆で、自分の青少年時代の自転車趣味を述べたものである。ちょうど漱石が悪戦苦闘した頃が時代背景となっているので、その頃の日本の自転車事情を知るにはまさに打ってつけである。当時の日本では自転車は贅沢品で、特に輸入品は志賀のような上流階級の子弟しか買ってもらえなかった。彼が学習院の学生だった頃、「十円あれば一人一ヶ月の生活費になった時代」に、デイトンという一九〇円もする輸入自転車を祖父に買ってもらい、自転車を通じて経験したさまざまのことを、志賀が六〇歳を超えてから回想して書いている。

私は十三の時から五六年の間、ほとんど自転車気違《きちが》いといってもいいほどによく自転車を乗廻《のりま》わしていた。学校の往復は素《もと》より、友達を訪ねるにも、買物に行くにも、いつも自転車に乗って行かない事はなかった。当時は自動車の発明以前であったし、電車も東京にはまだない時代だった。乗物としては芝《しば》の汐止《しおどめ》から上野浅草へ行く鉄道馬車と、九段下から両国まで行く円太郎馬車《えんたろうばしゃ》位のもので、一番使われていたのはやはり人力車だった。箱馬車幌馬車《はこばしゃほろばしゃ》は官吏《かんり》か金持の乗物で、普通《ふつう》の人には乗れなかった。もっとも、囚人《しゅうじん》を運ぶ馬車はあって、私達はそれを泥棒馬車《どろぼうばしゃ》と云っていたように記憶する。
その頃《ころ》、日本ではまだ自転車製造が出来ず、主に米国から輸入し、それに英国製のものが幾《いく》らかあった。(中略)
私の自転車はデイトンという蝦茶《えびちゃ》がかった赤い塗《ぬ》りのもので、中等科に進んだ時、祖父に強請《せが》んで買ってもらった。普通の大人用のもので、最初の頃はペダルに足が届かず、足駄《あしだ》の歯のような鉄板《てつぱん》を捩子《ねじ》でペダルに取りつけ、ようやく足を届かす事が出来た。私はそれで江《え》の島《しま》千葉などへ日帰りの遠乗りをした。(中略)
横浜《よこはま》往復の遠乗りは数えきれないほどにした。遠乗りとも思っていなかった。居留地の商館に新しい車が着いたと聴《き》くと、私達は必ず見に行った。(中略)
そして、私達はまた車を連らね、神奈川《かながわ》、川崎、大森、品川と半分競走のように急いで帰って来る。(中略)
私は自転車に対し、今も、郷愁《きょうしゅう》のようなものを幾らか持っているのか、そこにあればちょっと乗ってみたりもするが、自転車そのものが昔と変ってしまったために乗りにくくもあり、さすがに今は乗って、それを面白いとは感じられなくなった。
(志賀直哉『自転車』)

漱石と直哉は、自転車という共通の題材のほか、浅からぬ縁があった。一九一四年（大正三）の七月に直哉が早稲田の漱石邸を訪問したのである。漱石は四七歳でもう大文豪、片や直哉は三一歳でまだ無名。ところが朝日新聞社内で漱石は自ら小説を書くことはもちろん、それ以外に文芸欄の構成にも意見を言える立場であった。自らの『こゝろ』の連載が終わったあとに、志賀に連載小説を書かせようと、直哉にも社にも話をつけようとした。志賀にとって願ってもない檜舞台であり、一旦はありがたく引き受けてみた。ところが、日ごとにストーリーを組み立て、アクセントを付けてゆくことは、同人誌『白樺』上に気軽に書くのとはまったく次元が違っていた。机上に原稿用紙を置いて筆を執っても、どうも進まない、とても書けない、ついに漱石に丁重に謝罪と断りにいったのである。漱石は「もう一遍よく考えてみたらどうでしょう」と親切にいってくれたが、二年後の一六年に漱石は帰らぬ人となり、志賀は結局大きなチャンスを逃してしまった。

後年「小説の神様」といわれた直哉であるが、『暗夜行路』を書き上げるのに一七年も費やしており、そもそも連載小説には不向きだったのかもしれない。漱石は自分の門下以外の作家たちでは、概して自然派を田舎っぽく、無思想・無技巧と批判したが（島崎藤村は評価していたが）、都会的で上流階級の白樺派は結構気に入っていたようである。

さて日本に自転車が初めて持ち込まれたのは明治維新直前でイギリス製であった。国産初の自転車については人力車同様諸説あるが、「からくり儀右衛門《ぎえもん》」の異名をもつ田中久重（東芝の創始者）は一八六八年に自転車を製造したようで、そこには車大工や鉄砲鍛冶の技術が活用された。しかし日本ではいまだ量産化にはほど遠く、輸入自転車がちらほらと入ってきたが、日清戦争の頃（一八九四〜九五年）ですら、町や村に自転車が走ってくると、皆が集まってきて見物したと伝わっている。前述したように、空気入りゴム・タイヤやフリー・ホイールを備えたセーフティー型が確立し、日本で普及するのは二〇世紀になってからであった。自転車製造には鉄製の空洞フレーム、チェーン、空気入りゴム・タイヤ、フリー・ホイール機構など結構高度な技術が必要だし、ネジ、ボルト、ナットなども工作機械がないと手造りになってしまう。こういう工作技術に一番入りやすかったのは、江戸時代の時計職人や鉄砲鍛冶であった。こういう技術的系譜に沿って、自転車の初の国産化は宮田製銃所（現宮田工業）が一八九〇年に始めている。そこに至るには輸入自転車の補修、それに必要な部品の国産化、そしてアセンブリー組み立てへと進展したのである。一八九九年に岡本工業（ノーリツ自転車）、一九〇〇年には日米商店（日米富士自転車）、石川商会（丸石自転車）も立ち上がり、一部の業者は輸入と国産をかけもった。第一次世界大戦中は、自転車も部品も輸入が途絶え、かえって日本が自立するよいチャンスであった。昭和に入ってようやく国産が軌道に乗り輸入品を駆逐していった。二八年には日本の自転車保有台数はついに五〇〇万台を突破して大衆化した。

初期の自転車は高価な遊び道具であったので、所有できるのは長らく富裕層に限られ、庶民のあいだでは貸し自転車が流行した。その間一八九三年には「日本輪友会」が発足し、九八年に東京・上野不忍池畔《しのばずちはん》で開かれた「内外連合自転車競走運動会」を皮切りに自転車競技大会があちこちで開かれ、しだいにブームとなっていった。自転車はスカートで乗るのには適さずしばらく男性の乗り物とされていたが、大正期からは富裕層の婦人にも普及し、モダン・ガールの象徴にもなっていった。

一八九九年に東京朝日新聞が、天気の悪い夜に銀座の中心部で交通量を計ってみたところ、歩行者三七六二人、鉄道馬車一八二台、人力車一三六台、荷車一八台、荷馬車三台に対して自転車はわずか一一台だったと記されている。オペラ歌手の先駆けとなる三浦環《たまき》が一六歳のとき、自宅の虎ノ門から上野の音楽学校まで自転車通学を始めた。紫の着物に赤い袴、髪には白いリボンを付けて颯爽と走っていく姿がたちまち評判になり「自転車美人」として新聞が取り上げた。この評判を聞いた小杉天外は、彼女をモデルに一九〇三年(明治三六)、読売新聞に現代小説『魔風恋風《まかぜこいかぜ》』を連載したが、ヒロイン萩原初野《はぎはらはつの》が自転車で現れる冒頭シーンは次のようであった。

鈴《ベル》の音高《おとたか》く、見《あら》はれたのはすらりとした肩《たか(ママ)》の滑《すべ》り、デードン色《いろ》の自転車《じてんしゃ》に海老茶《えびちゃ》の袴《はかま》、髪《かみ》は結《むすび》流《なが》しにして、白《しろ》リボン清《きよ》く、着物《きもの》は矢絣《やがすり》の風通《ふうつう》、袖長《そでなが》ければ風《かぜ》に靡《なび》いて、色美《いろうつく》しく品高《ひんたか》き十八九の令嬢《れいじやう》である。

また、明治末期にはやった「ハイカラ節」は「自転車節」ともいわれ、自転車を揶揄している。

チリリンリーンと出て来るは、自転車乗りの時間借り、曲乗り上手と生意気に、両手を離した洒落男、あっちへ行っちゃ危ないよ、こっちへ行っちゃ危ないよ、あぁ危ないと言ってる間にそれ落っこちた！

三越では、それまで荷車でおこなっていた商品の配送に、白塗りの自転車にメッセンジャーボーイを乗せて、ハイカラというインパクトを演出した。

第七章　路面電車と郊外電車

漱石先生の生活圏

汽車旅や船旅は遠方を目指す非日常的な行為であるが、自分の住む都市の市中や郊外との往来は日常的な行為である。漱石もロンドンから帰朝後はずっと東京に在住したので、市中や郊外との往来は当然頻繁におこなった。その際、俥（人力車）や路面電車の乗降は頻繁に、また一部近郊電車の利用も散見される。

誰でも日常的行動圏は居所を中心としているが、漱石の東京での居所は表「漱石の東京での居所」の三ヵ所だけであった。『吾輩は猫である』『草枕』『坊っちゃん』などを書いた千駄木に約四年、西片町に一年未満、ここで『虞美人草』を書いた。そして早稲田に約一〇年と断然長く、ここでは『坑夫』以降全ての作品を執筆した。早稲田は敷地三六〇坪、建屋八〇坪とかなり大きくなったが、これとて借家で、漱石自身は一回も持ち家に縁がなかった。

日常自宅から出かけた先は東京帝大、新橋駅、朝日新聞社、銀座、上野などいろいろあるが、「日記」などから漱石の日常生活を垣間見ながら、市内交通も見てみよう。

一九〇九年（明治四二）三月三日

漱石の東京での居所

居住時期	居所	備考
1903/1～1906/12	本郷区駒込千駄木町57(借家)	ロンドンから帰国以降
1906/12～1907/9	本郷区駒込西片町十番地ろ(借家)	朝日新聞社入社、『虞美人草』執筆
1907/9～1916/12	牛込区早稲田南町7(借家)	没年まで

朝新橋停車場へ行く。小松原隆二洋行。風烈。丸善ニテブルジエの小説とバザンの小説を買ふ。（以下略）

三月一四日

昨夜風を冒して赤坂に東洋城を訪ふ。野上臼川、山崎楽堂、東洋城及び余四人にて桜川、舟弁慶、清経を謡ふ。（中略）風熄まず、十二時近く、電車を下りて神楽坂を上る。（以下略）

三月二〇日

九時玄耳（筆者注・渋川玄耳）を新橋に送る。久振で朝日の豪傑に会す。土屋大夢が是から塔の沢迄行くから序に横浜迄送るんですといふ。弓削田（筆者注・弓削田精一）が夏目さん所から新橋迄は大変ですねといふ。（筆者注・渋川玄耳、土屋大夢、弓削田精一は当時朝日新聞に在籍したジャーナリスト）（以下略）

四月一八日

晴。坂本三郎来。朝日の新聞の用。溜池の白馬会を見に

行くヹラスケスの模写あり。帰途仲の町に橋口（筆者注・橋口五葉。挿絵装丁画家）の新居を訪ふ。（以下略）

五月一日

晴、午後急に思ひ立つて広尾行の電車に乗つて一の橋迄行つて不知案内の麻布を六七町見物して帰る。林董（筆者注・外交官）の家渡辺千冬（筆者注・実業家、政治家）の家其他名を知らぬ大きな邸宅を見る。此辺樹木多し。宅地も余裕あり。こんな所の大きなやしき一つ買つて住みたいと思ひながら帰る。（以下略）

五月二三日

晴。細君子供四人をつれて野上臼川の巣鴨の宅へ行く。臼川が子供を迎に来たからなり。夜に入つて細君子供、臼川夫妻来る。田端から道灌山へ出て汽車へ乗って、上野へ出てだるま汁粉へ這入つて晩食をしたといふ。（以下略）

六月二日

晴。午後一時長谷川二葉亭の葬式に染井の墓地に赴く。（筆者注・二葉亭四迷の葬式で漱石と長谷川如是閑が同道して染井墓地に行った）

国技舘の開会式挙行（筆者注・初代国技舘は一九〇九年五月に竣工し、六月二日に開館式が行われ、六月場所より使用された。もう名士であった漱石は開館式に招待されたのであ

ろう)。(以下略)

八月六日

陰晴不定。三時半頃から飯倉の満鉄支社に赴く。是公に逢ふ。建物立派なり。夫から公園の是公の邸に行つて湯に入る。茶が丶つたよき家也。夫から木挽町の大和とかいふ待合に行く。久保田勝美(筆者注・満鉄理事)、清野長太郎(筆者注・満鉄理事)、田島錦治(筆者注・経済学者)と是公と余なり(筆者注・是公と満鉄の輩下とおよび漱石であるから、是公はボスで威張れるだろうし、漱石も気楽な会合であったろう)。(以下略)

一九一一年(明治四四)七月三日

(略)二時頃寺田がくる。第五の出身者が五六人精養軒で飯を食ふから出ないかと云ふ。雨では恐れるがと思つたが思ひ切つて出る事にした。江戸川終点へ出る間の道の悪さ加減はまことに言語に絶してゐる。仕舞に腹が立つ。(中略)

精養軒では久し振りに木下理学博士、田丸博士、石崎所長、内丸助教授、野並専売局技師と寺田と余と落ち合つた(筆者注・当日は寺田寅彦がドイツ留学から帰国早々。主に漱石の教え子である熊本の第五高等学校出身者が精養軒で会食をするので、寺田が漱石を誘いに来て、雨が降る中、二人はぬかるみの道を歩いて精養軒に向かった)。(以下略)

七月八日

（略）此日日比谷公園に万朝所催の電車市有反対の市民大会あり。（以下略）
七月一〇日
晴。暑甚。朝　社の会議に行く。帰つて長椅子の上でぼんやりしてゐた。五時頃車で安倍の家へ行く夫からケーベル先生の宅へ行く。御茶の水で電車を降りて先生の家の前迄来ると、高い二階の窓から先生の顔が出てゐる。（以下略）
七月二二日
（略）
○めしを食つて午睡三時三十三分の汽車で急行新橋着。
○車中で○○曰く。汽車に大便所をつけるときは大議論ありし由、夫から寝台車をつけるときも然り。（以下略）

小説にも東京市内の往来の場面は数多出てくる。フィクションではあっても、それらは漱石自身の体験や身近な人の体験の投影であるので、漱石の市内往来の一場面と見なすことができるうえ、「日記」よりも表現に情緒が感じられる。

停留所の赤い柱の傍《そば》に、たつた一人《ひとり》立《た》つて電車を待ち合はしてゐると、遠《とほ》い向《むか》ふから小さい火の玉《たま》があらはれて、それが一直線に暗い中《なか》を上下《うへした》に揺《ゆ》れつつ代助の方に近《ちかづ》いて来るのが非常に淋しく感ぜられた。乗《の》り込んで見ると、誰《だれ》も居なかつた。黒《くろ》い着物《きもの》を着《き》た車掌と運転手の間《あひだ》に挟《はさ》まれて、一種の音《おと》に埋《うづ》まつて動《うご》いて行くと、動《うご》いてゐる車《くるま》の外《そと》は真暗《まつくら》である。代助は一人明《ひとりあか》るい中《なか》に腰を掛《か》けて、どこ迄も電車に乗つて、終《つい》に下《お》りる機会が来《こ》ない迄引つ張り廻《まは》される様な気がした。（『それから』）

表はたいへんにぎやかである。電車がしきりなしに通る。

（中略）すると野々宮君は（中略）

「ぼくは車掌に教わらないと、一人で乗換えが自由にできない。この二、三年むやみにふえたのでね。便利になってかえって困る。ぼくの学問と同じことだ」と言って笑った。


実をいうと三四郎はかの平野家行き以来とんだ失敗をしている。神田《かんだ》の高等商業学校へ行くつもりで、本郷四丁目から乗ったところが、乗り越して九段《くだん》まで来て、ついでに飯田橋《いいだばし》まで持ってゆかれて、そこでようやく外濠線《そとぼりせん》へ乗り換えて、御茶《おちゃ》の水《みず》から、神田橋へ出て、まだ悟らずに鎌倉河岸《かまくらがし》を数寄屋橋《すきやばし》の方へ向いて急いで行ったことがある。

（中略）三四郎は新井《あらい》の薬師《やくし》までも行った。新井の薬師の帰りに、大久保へ出て野々宮君の家へ回ろうと思ったら、落合《おちあい》の火葬場《やきば》の辺で道を間違えて、高田《たかた》へ出たので、目白《めじろ》から汽車へ乗って帰った。汽車の中でみやげに買った栗を一人でさんざん食った。

（以上、『三四郎』）

路面電車の発展

日本の路面電車の嚆矢は一八九五年に開業した京都電気鉄道で、それに比べると東京の路面電車は一九〇三年と八年も遅れる結果となった。当時、路面電車も含めて鉄道事業は儲かるものと考えられていたため、大都市・東京の路面電車の敷設には大倉喜八郎、雨宮敬次郎、藤山雷太、利光鶴松ら多くの財界人が競って申請した。その許認可が自由党と進歩党の政争の具にされたり、電車を民営とするか市営とするかで東京市会や市参事会が紛糾するなど、大きな混乱が生じたことが遅れの原因となっていたのだ。

それでも民営の三社が認可され一九〇三年からいろいろな路線が敷設されて、電車が走り出した。しかしほどなく〇六年にはこれら三社は合併して東京鉄道（東鉄）に一本化され、さらに一一年に東京市がこの会社を買収して東京市電となった経緯は図「東京馬車鉄

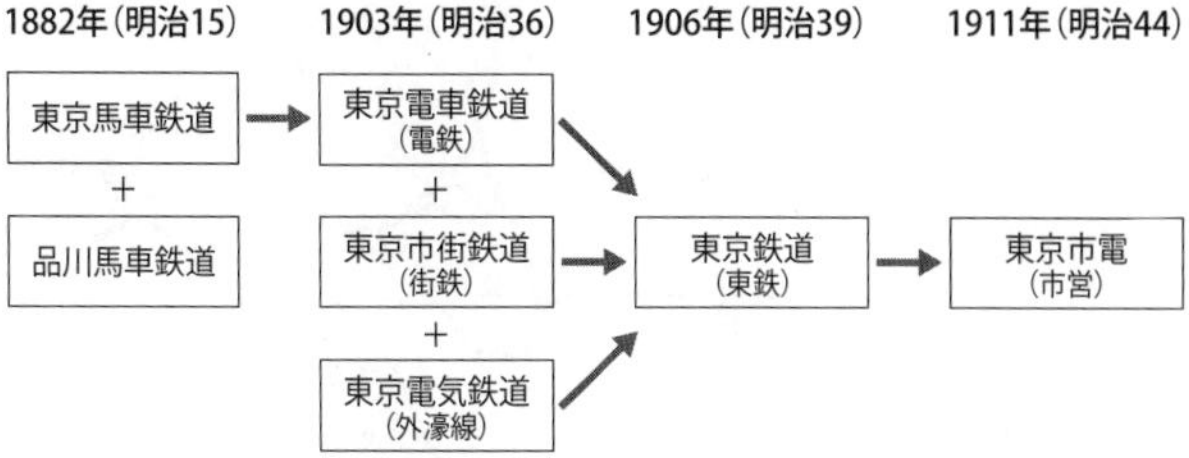

東京馬車鉄道から東京市電への変遷

道から東京市電への変遷」の通りである。

　このように、東京市内の路面電車は三つの会社によって別々に整備された。だが市民にしてみれば、こうした状況は電車を乗り換える度に運賃が嵩《かさ》む不便さがあり、しだいに運賃の共通化を求める声が大きくなった。一方、各社の経営陣は、当時日露戦争の戦費調達を目的に通行税が新設されたこと、また内務省の要請で運賃の早朝割引を開始したことなどが経営の負担になっているとして、運賃の値上げを計画した。一九〇六年には利用者の要望に応えるという建前で運賃の共通化と同時に値上げを申請し、運賃を四銭均一に引き上げた。しかし日露戦争に伴う増税や物価高が負担になっているのは市民も同じであった。この値上げが認可された直後から激しい反対運動が起こり、同年九月には日比谷公園で開かれた集会の参加者が暴徒化して電車が投石される事件まで発生した。

　折しも一九〇三年に大阪市が市営電車を開業したことで電車事業の公益性が意識されはじめ、東京でも電車の市有市営

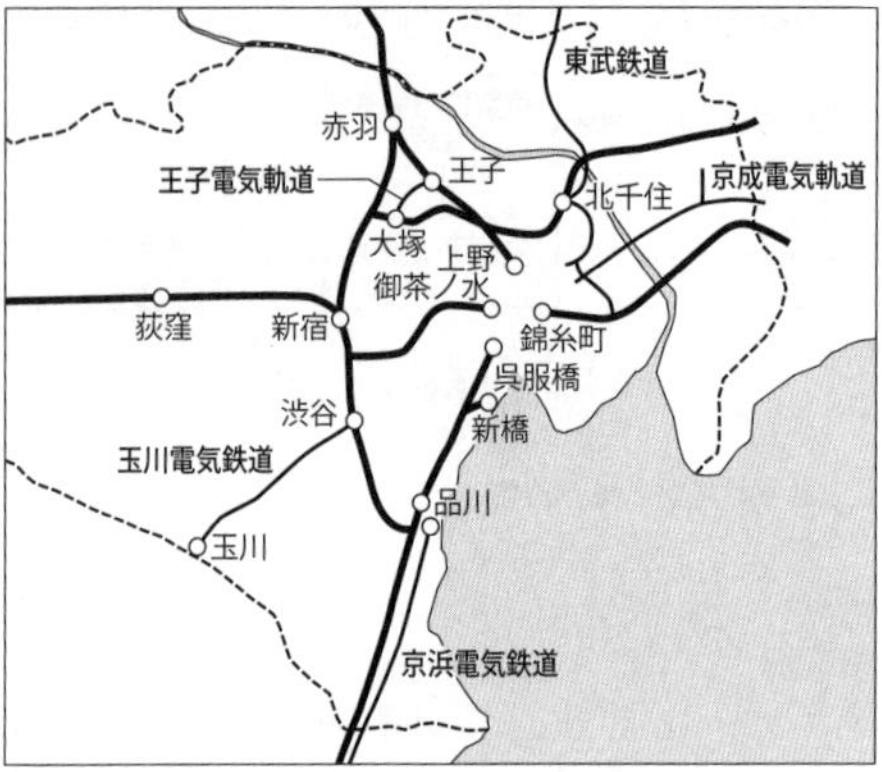

東京路線図（1910年頃）

を求める世論が高まった。そこで東京市はかねてからの市営派だった尾崎行雄市長の音頭で東京鉄道の市有化に乗り出し、買収価格でもめて手間取りつつも、一九一一年八月にようやく東京市電が誕生したのであった。

一九一〇年代後半から二〇年代初めにかけて、東京市電は流行歌「パイノパイノパイ」に「東京の名物満員電車いつまで待っても乗れやしねえ」と歌われるほどの混雑を呈した。

東京市電は発足時点ですでに営業キロ九九キロ、局員七八六一名、車両一〇五四両、一日の乗客数約五〇万人という規模に達していたが、その後も積極的な拡大方針を採り、一九一四年までの三年強のうちに三〇キロ以上延びて一二八キロに達し、路線は市内のみならず目黒、渋谷、新宿、大塚、巣鴨など当時まだ東京市外であった郡部地域にも延伸された。

それでは漱石が路面電車にどんなコンタクトがあったか見てみよう。漱石が一九〇三年

（明治三六）一月に帰朝すると、ちょうど東京に路面電車が走り出したのである。それからの路線網は燎原の火の如く広がり、漱石の亡くなった一六年（大正五）までには東京市内の過半の路線、特に主要路線はほとんど開通していた。漱石の小説の第一作『吾輩は猫である』の連載開始は一九〇五年（明治三八）であるので、そのなかにもう市電が登場する。猫は主人たちの話をしっかり聞いていた。

次は『坊っちゃん』の主人公自身が路面電車会社の雇われ人になったシーンで、『坊っちゃん』の結びに近い文章である。

清《きよ》の事を話すのを忘れていた。――おれが東京へ着いて下宿へも行かず、革鞄《かばん》を提げたまま、清や帰ったよと飛び込んだら、あら坊っちゃん、よくまあ、早く帰って来て下さったと涙《なみだ》をぽたぽたと落した。おれもあまり嬉《うれ》しかったから、もう田舎《いなか》へは行かない、東京で清とうちを持つんだと云った。

その後ある人の周旋《しゅうせん》で街鉄《がいてつ》の技手になった。月給は三十五円で、家賃は六円だ。

（『坊っちゃん』）

主人公の数学教師の坊っちゃんは結局騒動を起こし、自分も嫌になってたった一ヵ月で東京に舞い戻ることになってしまった。馴染みの女中・清を使いつつ最低限の世帯を構え食っていかなければならない。そのために彼は「街鉄」すなわち「東京市街鉄道」の技手になったのであった。技手とは技術系の中間管理職を指し、その上には「技師」がいた。技師は工部大学校や東京帝大工学部出身者で占められ、坊っちゃんの出た「物理学校」は専門学校と位置付けられていたから「技手」なのである。

東京市電に関しては漱石の妻・鏡子と弟子・寺田寅彦もいろいろ絡んで興味深い。漱石は決して資本家打倒を叫ぶような社会主義にのめり込む立場にはなかったが、社会主義への共鳴を裏付ける逸話が複数残っている。一つは漱石夫人の夏目鏡子が東京市電の電車賃値上げ反対のデモに参加したという新聞誤報を巡ってのエピソードである。

電車賃金値上反対の旗幟《きし》を標榜して其の絶交運動《ボイコット》を市民に促す為め開催されたる日本社会党有志者の行列は昨日午前九時五十分神田区三崎町三丁目一番地の同党本部を出でたり行列の一行は出来得るだけ質素に且つ静粛ならん事を期したるより総数を十人と限り堺枯川、森近運平、野澤重吉、菊江正義氏外四名と堺氏の妻君夏目（漱石）氏の妻君是に加り各自浴衣に尻端折或は筒袖に草履穿といふ遠足式軽装を為し婦人連も小褄《こつま》をキリと引上げて頗る身軽に見受けられたり

（『都新聞』一九〇六年〈明治三九〉八月一一日）

二〇世紀になって日本でも、大規模集会やデモが発生しはじめた。日露戦争講和反対集会の如き集会は全く国際認識を欠いた大衆が集まったものであったが、電車賃値上げ反対のデモは生活防衛を目指す社会主義的行為と見なされていた。この記事を読んで、知人の深田康算《やすかず》は驚いてさっそくこの記事の切り抜きを漱石に郵送したのに対して、漱石は深田に次のような返事を出していた。

拝啓今頃は仙台の方にでも御出の事と存候処突然尊書飛来都新聞のきりぬきわざ〳〵御送被下難有存候電車の値上には行列に加らざるも賛成なれば一向差し支無之候。小生もある点に於て社会主義故堺枯川氏と同列に加はりと新聞に出ても毫も驚ろく事無之候ことに近来は何事をも予期し居候。新聞位に何が出ても驚ろく事無之候。都下の新聞に一度に漱石が気狂になつたと出れば小生は反つてうれしく覚え候。

（『書簡』深田康算宛、一九〇六年〈明治三九〉八月一二日）

漱石は妻・鏡子がデモに参加した事実は否定しているが、全くむきにならず、むしろ彼が社会主義に共鳴している気持ちが滲み出ている。

次は漱石の愛弟子・寺田寅彦が書いた随筆についてである。寺田は当代一流の物理学者であったが、漱石の影響も受けてか、諧謔的な随筆もよく書いた。その一つが『電車の混雑について』という文章である。さっそく焦点部分を抜粋してみよう。

混雑する東京市電（1910年頃）

> 満員電車のつり皮にすがって、押され突かれ、もまれ、踏まれるのは、多少でも亀裂《ひび》の入った肉体と、そのために薄弱になっている神経との所有者にとっては、ほとんど堪え難い苛責《かしやく》である。（中略）それで近年難儀な慢性の病気にかかって以来、私は満員電車には乗らない事に、すいた電車にばかり乗る事に決めて、それを実行している。
>
> 必ずすいた電車に乗るために採るべき方法はきわめて平凡で簡単である。それはすいた電車の来るまで、気長く待つという方法である。（中略）

六七台も待つ間には、必ず満員の各種の変化の相の循環するのを認める事ができる。

（中略）

ようやく電車が来る。するとおおぜいの人々は、降りる人を待つだけの時間さえ惜しむように先を争って乗り込む。あたかも、もうそれかぎりで、あとから来る電車は永久にないかのように争って乗り込むのである。しかしこういう場合にはほとんどきまったように、第二第三の電車が、時間にしてわずかに数十秒長くて二分以内の間隔をおいて、すぐあとから続いて来る。第一のでは、入り口の踏み台までも人がぶら下がっているのに、それがまだ発車するかしないくらいの時同じ所に来る第二のものでは、もうつり皮にすがっている人はほんの一人か二人くらいであったり、どうかすると座席に空間ができたりする。第三のになると降りる人の降りたあとはまるでがら明きの空車になる事も決して珍しくない。

（『思想』一九二二年〈大正一一〉九月）

その後、東京市は一九四三年（昭和一八）に都政を布いて東京都となったので、東京市電は東京都電と呼称が変わった。内容は変わらず戦後も暫く隆盛は続くがモータリゼーションの進行と地下鉄の発展によって、都電は次第に撤去され、今や荒川線だけになってしまった。

院電や私鉄電車

人力車、乗合馬車、鉄道馬車のような人力や畜力に頼らない、近代的動力を使う交通機関が東京市内に出現するのは一九〇三年開通の路面電車と、もう一つは専用軌道上を走る鉄道であった。具体的には現在の山手線・京浜東北線・中央線の前身たる鉄道が少しずつ延伸されて繋がってゆき、電化もされて、電車が走り出す過程が重要である。

一八八五年以前は、東京市民から見て一番近い鉄道駅は、北に向かう日本鉄道の始発駅・上野駅と西に向かう東海道線の始発駅・新橋駅であったが、そこから乗った列車は東京から遠ざかるだけであった。それが八五年になって、日本鉄道株式会社が品川〜新宿〜池袋〜赤羽間に蒸気列車を開通させたので、ルートとしては山手線の半周ができた感じである。

一八九五年には甲武鉄道が飯田町〜八王子間を開通させて蒸気列車の運行を開始したので、今の中央線の一部が開通したことになる。一九〇三年には山手線の池袋〜田端〜上野間が繋がった。一九年には中央線も山手線も東京駅まで乗り入れた。二五年には山手線の全周が繋がった。三二年には総武線の御茶ノ水〜両国間が繋がり、国鉄、現在のＪＲの中核的鉄道網が完成したのである。山手線も中央線も蒸気列車での運行が長らく続いた。しかし中央線は一九〇四年に、山手線の一部は〇九年に、京浜東北線の一部は一四年に電化されて電車運転に切り替わり、これらには漱石も乗ったはずである。いわゆる国鉄は〇八年に鉄道院の管轄になったので、これらの電車は「院電」と呼ばれるようになった。二〇年に鉄道省の管轄になると「省線」に、戦後四九年に国鉄に改組されると「国電」に、そして八七年に民営化されると「JR」と呼称は目まぐるしく変わってきたのである。

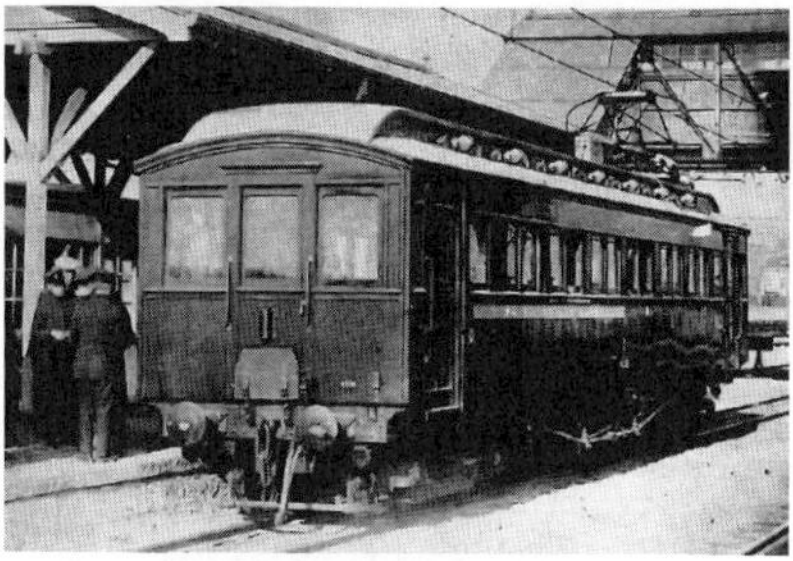

院電電車（『100年の国鉄車両3』）

いずれにせよ、漱石の時代はこの程度の電車網でなんとか賄えた。人が稠密に住む東京一五区の市域は大部分が今の山手線の内側に収まっていたからでもある。しかし、東京の市域が徐々に広がるにつれて、東京市内および近郊において、既存の鉄道が電化されて電車が走るようになったり、最初から電車鉄道として開通するケースが見られるようになる。JR、私鉄合わせて東京市内および近郊電車の開通年を一覧表として整理すると表「東京市内および近郊電車の開通年」のようになる。

漱石が生きた一八六七年～一九一六年の四九年間を、一八六七年～九五年（生誕～松山赴任期間）と一八九五年～

東京市内および近郊電車の開通年

現在の路線名	開通		電化	
	年	区間	年	区間
JR山手線	1885	品川－新宿－池袋	1909	新橋－品川－新宿－上野
JR中央線	1895	新宿－飯田町	1904	御茶ノ水－中野
西武・新宿線	1895	久米川－東村山	1927	高田馬場－東村山
京急電鉄	1899	六郷－大師	1899	六郷－大師
東武・伊勢崎線	1899	北千住－久喜	1924	浅草－西新井
東急・玉川線	1907	渋谷－玉川	1907	渋谷－玉川
京成・京成線	1912	押上－市川	1912	押上－市川
京王・京王線	1913	笹塚－調布	1913	笹塚－調布
JR京浜東北線	1914	東京－高島町	1914	東京－高島町
東武・東上線	1914	池袋－川越	1929	池袋－川越
西武・池袋線	1915	池袋－飯能	1922	池袋－所沢

一九〇三年（松山、熊本、ロンドン赴任・留学期間）と一九〇三年〜一六年（帰国〜没年）までの三時代に大別してみよう。最初の期間は東京の路面電車は未開通、鉄道では山手線の品川〜新宿〜池袋〜赤羽〜田端〜上野間で日本鉄道の運行する蒸気列車に乗れただけである。しかし漱石がロンドンから帰国した一九〇三年以降は、東京の鉄道網の発達は目覚ましく、路面電車がその〇三年にちょうど開通したあと、急速に路線網を拡大したし、表の如く、かなりの鉄道路線に乗ることができたし、電化が間に合って電車に乗る機会は増えたのである。

ただこういう乗車チャンスのうち、

漱石がどこまで乗車体験したかは、しらみつぶしに調べてはいないが、山手線、中央線、京浜東北線、京王線あたりに限られてくるようだ。次の漱石の記述は一九一一年のものであるが山手線と中央線が登場する。

○音楽会へ行かうかと思つて本郷へ行つて切符を買はうかと思つたが、みまつに切符を売る様子がないので、聞く気にもならず、又電車で上野迄行つて山の手線に乗り換えた。日暮里、田端、巣鴨などを通つて新宿迄来て又甲武線へ〔乗〕換へて大久保で下りた。抜弁天の坂の途中の古道具屋に虎の二幅対があつて、其画が気に入つたので、越前守岸駒とあるのが本当か偽かは論ぜず、価を聞いて見る気になつたからである。音楽会へ行く時妻に金をくれと云つたら「はい」と云つて十円渡したので、又ひやかす気が起つたのが、本で音楽会の方を已めてわざ〳〵山の手線へ乗り換へたやうなものである。所が停車場を降りて其所へ来て見ると岸駒の画はもうなかつた。

（『日記』一九一一年〈明治四四〉五月二八日）

まず本郷から上野は当然市電である。上野から新宿までは二年前に電化された山手線内回りに乗った。新宿から大久保までは中央線の電車で向かっている。山手線も中央線も木造電車の一〜二両連結であったが、明治末期の東京には今のJRの前身が一部できていたのだ。

漱石は鎌倉にも縁が深かった

横須賀線は、形式上は一八八九年に敷設された大船〜横須賀間一六キロの支線に過ぎないが、東海道線全通と同時に開業し、まもなく新橋〜横須賀直通列車が走り出し、一九二四年に複線化され、翌二五年に電化され、三〇年から電車が走り出したので、東京市民が鎌倉、逗子などに行くのに大変便利であった。ただし横須賀線はそのために敷かれたのではなく、横須賀軍港、海軍鎮守府、海軍工廠が置かれており、東京との交通を重視したためであった。一方、東京から手軽に行けて海もきれいな鎌倉や逗子は、上層の人々や有名人の避暑・避寒地として早くから拓けたので、漱石もずいぶん、横須賀線や鎌倉には縁が深くなったのである。漱石の残した『日記』や作品から漱石と鎌倉の縁を辿ってみた。

修善寺の大患の翌々年の一九一二年、満鉄の中村是公総裁が飯倉にあった満鉄東京支社に出張してきていたとき、漱石は誘われてそこを訪ねた。昼食を供されたあと、当時珍しい公用自動車で新橋駅へ出て、横須賀線の二等車に乗って鎌倉で下車、そこから開通したばかりの江ノ電で長谷にある是公の別荘に向かった時の描写である。

（略）十一時過満鉄に行く。そこで午餐を認め。夫から自働車で停車場へ行く。鎌倉行。（中略）

○二時過鎌倉着電車で長谷迄くる。（以下略）

（『日記』一九一一年〈明治四四〉七月二一日）

漱石も作家として名が出て多少生活が豊かになってくると、夏季に鎌倉の別荘を借りて家族を送り込むことになった。一九一二年の夏のこんな情景を漱石は『日記』に残していた。

二十一日小供を鎌倉へ遣る。一汽車先に行つて菅の家に入る。二階から海を見る。涼し。主人と書を論ず。（中略）午後小供のゐる所へ行く。材木座紅ヶ谷といふ。思つたよりも汚なき家也。夏二月にて四十円の家なれば尤もなり。庭に面して畠あり、畠の先に山あり大きな松を寐ながら見る。其所は甚だ可。たゞ家の建方に至つては如何とも賞めがたし。東京の新開地の尤も下等な借屋の如し。

（『日記』一九一二年七月二一日）

○八月二日鎌倉に行き二日三日とまつて四日の夜帰る。

九時四十分の汽車で行く。（以下略）（『日記』八月二日）

六時過の汽車で帰る。日曜だものだから中等客一杯。小宮と一等に移る此所には独乙人が五六人乗つてゐた。（以下略）（『日記』八月四日）

あまり上等ではない貸し別荘ではあったが、ようやく多少ゆとりのある生活が実現したことで、家族だけでなく門下の小宮豊隆なども連れていけるようになり、漱石がなにかほっとしている風情が髣髴《ほうふつ》される。

大正時代からは上流階級の別荘が建てられて、武者小路実篤の『友情』（一九一九年）に出てくるように、かれらの子弟たちが夏は横須賀線を使って東京とを往来した。昭和に入るとそれを真似て政界・官界・財界の幹部が鎌倉・逗子にこぞって別荘を建てたものだから、夏には内閣閣僚の大半がこの地に避暑休暇で滞留することもあった。

そして一九一二年には漱石は満鉄総裁・中村是公、満鉄理事・犬塚信太郎《のぶたろう》と三人で北鎌倉の東慶寺《とうけいじ》を訪れていた。明治天皇のご大葬が九月一三日から一五日にわたりおこなわれたためである（葬儀は一三日東京の青山練兵場でおこなわれたあと、霊柩は列車で京都の伏見桃山陵に運ばれ一五日に奉葬された）。日本の政財界などの有力者は当然これに出席することになり、満鉄の総裁と理事が帰朝したのであった。多少早めに帰国した是公は漱石を誘って東慶寺を訪問したのである。東慶寺は漱石が大学卒業後、座禅を組みに行ったところであり、その住職・釈宗演《しゃくそうえん》を満州に招《よ》んで満鉄役職員に対して講話をしてもらおうと正式に依頼するためであった。九月一一日、漱石は中村、犬塚と三人で東慶寺を訪問、その晩は長谷の是公の別荘に泊まり、翌一三日の横須賀線の列車で東京に戻った。

汽車の窓から怪しい空を覗《のぞ》いていると降り出して来た。（中略）三人前後して濡れた石を踏《ふ》みながら典座《てんぞ》寮《りょう》と書いた懸札《かけふだ》の眼につく庫裡《くり》から案内を乞《こ》うて座敷へ上った。
老師に会うのは約二十年ぶりである。（中略）
翌朝《あくるあさ》は高い二階の上から降るでもなく晴れるでもなく、ただ夢のように烟るKの町を眼の下に見た。三人が車を並べて停車場《ステーション》に着いた時、プラットフォームの上には雨合羽《あまがっぱ》を着た五六の西洋人と日本人が七時二十分の上り列車を待つべく無言のまま徘《はい》徊《かい》していた。

御大葬と乃木大将の記事で、都下で発行するあらゆる新聞の紙面が埋《うず》まったのは、それから一日おいて次の朝の出来事である。

(『初秋の一日』)

第八章　漱石先生の汽車旅

とんだ修善寺の大患旅行

漱石が長いあいだ胃痛になやまされ、「修善寺の大患」という大騒ぎがあったことはもう周知されていよう。この胃痛は漱石の生活、漱石の作家活動、そして漱石の旅にも大きな影響を与えている。

漱石の胃痛は実は二三歳のときに発症している。兄の和三郎と一緒に歌舞伎座に市川団十郎を観にいったとき、「持病の疝気《せんき》急に胸先に込み上げてしくしく痛み出せし時は芝居所のさわぎにあらず、腰に手を当て顔をしかめての大ふさぎははたの見る目も憐なり」と子規に書き送っている。

さて小説はフィクションといっても作家自身の生活や経験なしには書けないし、それを投影している。その典型は私小説であろうが、どんな小説でも例外はあり得ない。だから漱石の作品にはよく胃痛が登場する。『日記』のなかの一九〇〇年の欧州への航海部分には「船酔いのため食事を抜いた」とか「胃腸の具合が悪くて下痢した」といった胃弱からくる苦労が頻繁に書かれている。『吾輩は猫である』の苦沙弥先生は胃弱でいつもタカジャスターゼを飲み、よく大根おろしを食べている。漱石が学校の教授や講師をやっていたときは毎日の通勤や歩行は自ずとあったが、朝日新聞の専属作家になってからは、毎日の出勤はなく、時たま散歩はするものの書斎が仕事場で、読書したり沈思黙考したりの生活となり、胃のこなれには決してよくなかったはずである。

それでも一九〇九年の夏までは痛んでもじっと我慢していれば収まる程度であったのが、『それから』を書き終えた辺りには一週間も氷のほかは何も口に入れることができなかったというから深刻であった。二代目満鉄総裁になった親友の中村是公からは、「満州・中国・朝鮮廻遊旅行」への熱心な誘いがあったのに、ぐずぐずと返事を延ばしていたのは実はこのためであった。それでも親友の厚意に報いるため、また漱石も見聞を広げるよい機会と思い、招待に応じて〇九年の九月二日から一〇月一六日にかけて一ヵ月半出かけることになった。ただし是公の提示した旅程は漱石の体調からしてちょっときつかったので、中国をカットした満韓旅行に短縮されたのである。この旅行ではいたるところで歓待され、ご馳走攻めにあっている。殊に満州の名産だという鶉《うずら》料理を何回も食したので、胃壁を傷つける結果となったようである。そして何回も胃痛に襲われて、元来見聞に意欲的な漱石としては大分消極的な旅行になってしまった。

そして胃病の本番はついに一九一〇年の六月にやってきた。検便の結果血の反応があり、長与胃腸病院で診察を受けると、胃潰瘍と宣告されて六月一八日から七月三一日まで四〇日以上入院することになってしまった。胃の酸を取ったり、胃の洗浄もしてようやく退院した際、医者から東京を離れての転地療養を勧められた。

そして漱石門下の一人・松根東洋城《まつねとうようじょう》の誘いで修善寺に行き、そこの菊屋旅館に逗留することになった。ところが漱石はもう着いた翌日の八月七日から「腹が張りしくしく痛む」症状を覚え、アイスクリームしか喉を通らなかった。それから数日はとうとうと寝込み、胆汁と胃液をたっぷり吐いたが一向に回復せず、どんどんと悪い方に傾いていった。東洋城が鏡子夫人、朝日新聞社、長与胃腸病院などに連絡すると、彼らは駆けつけて付き添ったが、八月二四日の夜、遂に大吐血し鮮血がだくだくと流れ出てきたのである。応急のカンフル注射がなされたが、瀕死の状態は続き、漱石門下のほか関係者が次々と大勢見舞いにやってきた。阿部次郎は山形、小宮豊隆は大分県と遠方から駆け付けたほか、高浜虚子、森田草平、鈴木三重吉、安倍能成、野上豊一郎らそうそうたるメンバーが、四三歳の大文豪の許《もと》に集まったのである。かれらの旅の詳細は知る由もないが、これだけでも漱石は多くの人の多くの汽車旅を作ったことになる。

この結果、漱石の伊豆旅行は一九一〇年の八月六日〜一〇月一一日の二ヵ月以上にまたがり、八月一七日に最初の出血をしてから帰京するまで二ヵ月弱の闘病であった。そして本書では、修善寺から自宅までどのようにして帰ったかが、漱石が旅した乗り物として大いに関係してくるのである。出血が治まってから二週間という医師の判断で一〇月一一日に帰京することになったが、大病人でしかももう大作家の地位を築いていた漱石の移動は、実に大変であった。

借り切っていた旅館の四部屋を片づけて退室するあいだ、修善寺の医者がうまい乗り物を考案してくれていた。舟形をした寝台で、布団を敷けば、半ば寝て半ば寄りかかれる趣向の特製担架で、そこに漱石を乗せた。修善寺から大仁《おおひと》までは医師と看護師が同乗して馬車で行き、大仁から軽便鉄道に乗せ、三島で東海道本線の列車に乗り換える。この乗り換え時間が結構忙しく、通常なら跨線橋を渡っての乗り換えとなるが、ひどい雨の中を、屈強な人足四人で担架を担いで線路を横切り、ようやく上り列車に間にあった。

大げさな担架と一〇人もの関係者が乗るには、一等車の車室を貸し切りにしなければならず、漱石もこれには大仰すぎるとか、贅沢すぎるといったが、これが最善の方法であった。スープやオートミールを用意し、医師が注射器や薬品を用意して同行している。幸い何の支障もなく新橋駅に着いたときは大勢が出迎えたので、漱石も多少気恥ずかしかったようであるが、そこから近い内幸町の長与医院に入院した。漱石は入ってきた医師に向かって「従来も今回も長与先生には大変お世話になった。宜しくお伝えください。先生にお変わりはないでしょ？」と聞くと何か歯切れが悪い。長与医師は実は漱石の伊豆滞留中に亡くなってしまったのであったが、それを病人の漱石に聞かすわけにゆかないと関係者は黙秘していたのであった。しかし、そのままではかえって漱石を騙すことになってしまうので、翌日鏡子夫人が漱石に打ち明けたのであった。

この修善寺の大患からは何とか回復したが、胃潰瘍が根絶できたわけではさらさらなく、その後も毎年のように胃潰瘍に倒れている。それらは小説を書いている途中か、小説を書いた直後であったから、小説を書くことが命を縮めていることは明白であった。しかし小説を書くことを天命・生き甲斐とする漱石は依然として小説を書き続け、依然として胃潰瘍に倒れ続けたのである。

京都にはよく行った

とんだ修善寺旅行から入ってしまったが、漱石の国内旅行は京都旅行、信越講演旅行、関西講演旅行、是公とののんびり旅行、新婚旅行の五つに分類されよう。京都旅行は表「漱石の四回の京都旅行」のように計四回を数える。そして滞在した合計日数は五一日となり旅行先としてはとても長い。

第一回目は学生時代に子規と一緒にまず京都に寄り、さらに岡山、松山と廻ったもので第一章で触れた。第二回目はその一五年後、朝日新聞社に入社したときに、大阪本社への挨拶も兼ねて二週間にわたり、京都を中心に関西旅行をしていた。第一回目の旅行を漱石

漱石の四回の京都旅行

回	時期	年齢(歳)	期間	備考
1	1892(明治25)年 7〜8月	25	5日間	松山に帰省する子規に同行
2	1907(明治40)年 3〜4月	40	15日間	知人訪問、入社した朝日新聞社の大阪本社への挨拶
3	1909(明治42)年 10月	42	2日間	満韓旅行からの帰途
4	1915(大正4)年 3〜4月	48	29日間	漱石の心身休養のため周囲が設営

はあまり書き残していないが、第二回目の旅行は「日記」でも行程がわかる。

この時点での最速列車は東京〜神戸間の所要時間が一三時間四〇分なので、京都までならおよそ一二時間程度であろう。この列車の東京発が朝八時であるから京都には夜八時頃着いたはずである。今から見ればまことにゆっくりであるが、昼一日かければ、乗り換えなしで東京から関西に行けたのであるから、当時の人々から見れば十分便利であり、また漱石から見れば多分一等車で行けたであろうから快適でもあった。この旅行には高浜虚子が漱石に合流しており、翌日の昼は平八茶屋、夕は一力亭と、とても豪勢な接待を受けている。この京都行きは『京に着ける夕』という短文にも書かれている。

汽車は流星の疾《はや》きに、二百里の春を貫《つらぬ》いて、行くわれを七条《しちじょう》のプラットフォームの上に振り落す。余《よ》が踵の堅き叩きに薄寒く響いたとき、黒きものは、黒き咽喉から火の粉をぱっと吐いて、暗い国へ轟《ごう》と去った。

ただささえ京は淋《さび》しい所である。原に真葛《まくず》、川に加茂《かも》、山に比叡《ひえ》と愛宕《あたご》と鞍馬《くらま》、ことごとく昔のままの原と川と山である。昔のままの原と川と山の間にある、（中略）

余は中の車に乗って顫《ふる》えている。東京を立つ時は日本にこんな寒い所があるとは思わなかった。昨日《きのう》までは擦《す》れ合《あ》う身体《からだ》から火花が出て、むくむくと血管を無理に越す熱き血が、汗を吹いて総身《そうみ》に煮浸《にじ》み出はせぬかと感じた。東京はさほどに烈《はげ》しい所である。この刺激の強い都を去って、突然と太古《たいこ》の京へ飛び下りた余は、あたかも三伏《さんぷく》の日に照りつけられた焼石が、緑の底に空を映さぬ暗い池へ、落ち込んだようなものだ。余はしゅっと云う音と共に、倏忽《しゅっこつ》とわれを去る熱気が、静なる京の夜に震動を起しはせぬかと心配した。

（『京に着ける夕』）

京都に着いての印象は心象的には「淋しい」ということと、身体的には「寒い」ということであったが、この二つの感覚が混然一体にもなっているようである。幕末まで京都は首都であったのが、明治維新で東京に全てが遷ってしまった。漱石の作家としての活動は、この東京にいてこそなされるものであると、漱石は強く認識したように見える。それに引き替え、日本の古い文化と伝統に染まる京都に、ある意味で中心を外れた淋しさを漱石は感じたのであろう。ただ日常触れられないそんな雰囲気のなかで、たまには本当に骨休めができたようである。

第三回目、一九〇九年（明治四二）の京都行きは満韓旅行からの帰りに大阪、京都と寄ったもので、京都は二日間だけで、記述もほとんど残されていない。

第四回目の一九一五年（大正四）の京都行きこそ一ヵ月にもおよぶ最長のものであったが、漱石自身の『日記』での記述は最初の一週間しかなく、関係者の記述も少なく全体像をつかみにくい。

漱石の講演はいつも満員

誰でも有名人になると講演を頼まれる。漱石を有名作家という世俗的尺度で測ると、一九〇五年（明治三八）の一月から連載しはじめた『吾輩は猫である』が知名度の上がる出発点である。そこからは〇六年に『坊っちゃん』と『草枕』、〇七年に『虞美人草』、〇八年に『三四郎』とぐんぐん有名になっていった。だからそのあたりから漱石の講演が増えていったのはごく自然である。講演嫌いな作家もいるが、漱石は講演を重ねるうちに、結構好きになっていった。前置きは長いが、ユーモアと諧謔に富んでいるので、それがかえって売りになる。聴衆はどんどん漱石の話術に引き込まれていき、鋭敏な漱石ゆえこんな反応は直感できたし、素直に喜んだ。自分のスピーチに自信を持ち、快感を覚え、場合によっては自己陶酔しているようにも見える。

文化的催しや娯楽の乏しかった時代であるから、人気作家で話もおもしろいとなると、聴衆は殺到して、会場はいつも超満員となる。

「朝日新聞」主催講演会講師図絵
（1908年2月16日朝刊）

朝日新聞社としても宣伝のためにお抱え作家を活用した。また講演などを通して、漱石が単なる小説作家にとどまらず、文明評論家、社会評論家としての評価がとみに高まっていったことも相乗作用をなした。講演のスタイルも自由民権運動の流れを受けた演説から、教育を受けた公衆への講演という形に世の中は変わってきていた。また前段の洒脱と機知とユーモアから入り、ずばりと核心を突く本論へ進むスタイルも講演回数が重なるにつれ評判が評判を呼んでいた。朝日新聞主催の漱石らの講演会の第一回は一九〇八年（明治四一）神田の青年会館で開かれ、定員九〇〇人は定刻のずっと前から満員となった。

漱石の講演一覧

年月日	演題	講演場所
1905(明治38)年3月11日	「倫敦のアミューズメント」	明治大学
1907(明治40)年4月20日	「文芸の哲学的基礎」	東京美術学校
1908(明治41)年2月15日	「創作家の態度」	東京青年会館
1909(明治42)年9月12日	「物の関係と三様の人間」	大連満鉄従業員養成所
1909(明治42)年9月17日	「趣味について」	営口日本人倶楽部
1911(明治44)年6月18日	「教育と文芸」	長野県会議事堂
1911(明治44)年6月19日	「無題」	高田中学校
1911(明治44)年6月21日	「吾輩の見た職業」	高島小学校
1911(明治44)年6月28日	「文芸と道徳」	東京帝大・山上御殿
1911(明治44)年8月13日	「道楽と職業」	明石公会堂
1911(明治44)年8月15日	「現代日本の開化」	和歌山県会議事堂
1911(明治44)年8月17日	「中味と形式」	堺高等女学校
1911(明治44)年8月18日	「文芸と道徳」	中之島公会堂
1913(大正2)年12月12日	「模倣と独立」	第一高等学校
1914(大正3)年1月17日	「無題」	東京高等工業学校
1914(大正3)年11月25日	「私の個人主義」	学習院高等科

このように漱石は多くの講演をこなしているが、地方を廻った講演および東京でも記録の辿れるものを挙げると表「漱石の講演一覧」のようになる。

講演場所も東京のほか、満州、関西、その他の地方と拡散していったので、それには自ずと汽車旅がともなうことになる。これらのなかから信越講演旅行と関西講演旅行に焦点を当ててみよう。

信越講演旅行

信越講演旅行は一九一一年（明治四四）六月半ばに長野、高田、諏訪の三ヵ所一連の講演旅行と一部観光旅行も兼ねたものであった。その発端は信濃教育会からの「教育委員会総会に県下の教員多数が集まる機会にぜひ漱石の講演を願いたい」という懇請であった。前年の修善寺の大患のあとで心配ではあったが、漱石は比較的健康で気分もよいこと、信越方面は未だ行ったことがないこと、修善寺の大患時世話になった森成《もりなり》医師から「ちょっと足を延ばして高田までいらっしゃれないか？」と誘いがあったこと、夏目家の先祖が篠ノ井（現・長野市篠ノ井）だと聞いていたことなどから、漱石は前向きに応諾したのである。

しかし、ちょっとした長旅になりそうである。そもそも漱石は旅行に、特に講演旅行に、鏡子夫人を同伴することを好まなかったが、前年の修禅寺の大患を思えば、もう有無をいわせずに鏡子は付いてゆくことにしたのである。当時、信越線では一等車は高崎止まりで、その先へは二等車しか直行しなかった。漱石は夫人に「一等は高崎までだから二等でいいかい？」と聞きつつ、自分で上野駅に出向いて切符を買ったというから、漱石が以前より穏やかになり、結構まめだったことがうかがわれる。講演会の前日、夫妻で汽車で長野へ向かった光景は日記に残されていた。

○一等列車は高崎迄しかなし。列車ボイも食堂もなし。
○浦和の先に来て大きな停車停についたら、大宮であつた。弁当を売つてゐる。向ふ側に実業の日本を読んでゐた、銀縁眼鏡のつめ襟のハンチングの人が是から先はいけませんよと云ふ、高崎にもあるが落ちますといふので、とう〳〵買ふ。二個五十銭
（中略）
○高崎で山が見える。段々高くなる。横川といふ駅に碓氷嶺一里とあつた。
○トン子ルヲ十程抜けて熊の平といふ停車停前後ともトン子ルの中の小さな駅である。汽車は何の為に停るにや
　下りて見ると汽缶に水を入れる為なり、よくこんな高い所で供水の便があると思ふ。汽缶車は真中に一つ、後ろに一つ、なり、
○トン子ル二十六を出ると軽井沢なり、（以下略）
（『日記』一九一一年〈明治四四〉六月一七日）

　横川〜軽井沢間の急勾配線区は全長一一キロ、レールのあいだに歯車の嚙み合う軌条が敷かれたアプト式で、一八の橋梁と二六のトンネルを通って列車は喘ぎ喘ぎ登っていた。

特にトンネル内に充満する煤煙は乗務員と客を悩ませ、それが一時間も続くのであった。この区間が電化されるのは一九一二年（明治四五）なので、このときの漱石一行は運悪くSL牽引の最終の時期だったのだ。

汽車が登りきったところが軽井沢なので、そこから長野までにはもう難所はない。出迎えの小諸小学校校長らが軽井沢から乗り込み、一生懸命漱石に車窓案内をしてくれた。浅間山、漱石の評価の高かった島崎藤村の『破戒』の舞台となった小諸、名月姨捨《おばすて》山、川中島合戦の妻女山《さいじょさん》、茶臼山などの説明を受けたのに対して、物珍しそうに頷《うなず》いて景色を眺めていたというから、晩年の漱石からも好奇心が旺盛だったことが十分推測できる。

予定通り午後五時頃、長野駅に到着し、長野師範学校校長ら大勢の出迎えを受けたときは、上野を出発してから九時間の旅だったので、かなり疲れたのではないだろうか。夫妻は長野の犀北館《さいほくかん》に投宿し、翌日は午前中に善光寺を見物してから、午後、県会議事堂で漱石は「教育と文芸」という講演をおこなった。聴衆は教育者たち九〇〇名の予定だったところ一三〇〇名が押し掛けたというから漱石人気の凄さがうかがえるではないか。

講演後、長野から森成医師の招きに応じて新潟県高田（現・上越市）に向かい、高田中学校校長、高田師範学校校長ら土地の名士らと会食して森成邸に一泊する。翌一九日は、森成氏の依頼で、彼の母校・高田中学校で中学生を相手に語りかけた。終了後、汽車で高田から近い直江津へ往復している。

○十一時五十九分の汽車で雨を冒して直江津に至る。（中略）
○右のはづれ、弥彦。左に能登の鼻、向に佐渡
（中略）六時二十五分の汽車で高田へ帰る。三等列車丈なり
（『日記』六月一九日）

降っていた雨も上がり直江津の海岸に出ると、弥彦山、能登半島、佐渡島などが眺望できたようだ。もう一つ、信越線のローカル列車になると、当時もう漱石が乗りなれていた一等車や二等車は連結されていなかったといっているが、このことは全国的に共通していたので、やむを得ない。

翌六月二〇日は、高田から信越線八時発の列車で長野まで戻り、長野からは篠ノ井線で松本へ向かい姨捨山、田毎《たごと》の月の棚田などを眺めて松本で下車。この篠ノ井は夏目家の先祖の地と聞いていた漱石としては機会があれば行ってみたいと思っていた地なのでちょうどよかった。

松本城の天守閣に登ったりしたあと、篠ノ井線で塩尻、そこで中央線に乗り換えて、その夜は上諏訪の牡丹屋に泊まった。

翌二一日は諏訪神社を見物した後、午前中に場所は高島小学校であるが、ご当地の大人相手に講演をおこなった。そしてようやく中央線で帰京しているので、六月一七日から二一日までの五日間の旅となった。

なお信濃教育会の長野市での講演謝礼は六〇円と多額ではなかったが、鏡子夫人同伴なので安心して、初めての信越を比較的のんびりと見学できたことに漱石の喜びがあったようで、このときは帰京後も体調は崩さなかったようである。

関西講演旅行

一九一一年八月一一日に出立した関西講演旅行は、その発端も結果も、六月の信越講演旅行とは大いに様相を異にした。こちらは正式な朝日新聞社としての文化講演旅行であり、明石、和歌山、堺、大阪の四講演と関連する行程は全てお膳立てされていたため、鏡子夫人は同伴しなかった。

まず予定よりはるかに長くなってしまった日程を整理しておこう。

八月一一日：東海道線の最急行列車で東京発・大阪入り。市内の旅館「銀水楼」泊

八月一二日：箕面散策の後、そこにある保養施設「朝日倶楽部」泊

八月一三日：普通列車で明石に移動し、明石公会堂で講演、大阪「紫雲楼」泊
八月一四日：南海鉄道などで移動。和歌の浦、紀三井寺を見た後、新和歌の浦に宿泊
八月一五日：和歌山県会議事堂で講演。「富士屋旅館」泊
八月一六日：南海鉄道で大阪に戻り、「紫雲楼」泊
八月一七日：堺市立高等女学校講堂で講演
八月一八日：大阪の中之島公会堂で講演。宿舎「紫雲楼」に戻ったところ嘔吐と出血あり
八月一九日：大阪朝日新聞社の斡旋で市内の湯川胃腸病院に入院
八月二一日：連絡を受けた鏡子夫人が駆け付ける
九月一三日：何とか回復して寝台車で大阪を出発
九月一四日：列車で東京着

本来の講演は八月一三日から一八日で終わっているので、旅程も一週間程度であったものが、入院のため一ヵ月以上におよんでしまったのであった。そしてその旅立ちからして大いにもたついたのである。それは夏の長雨があって、東海道線が不通になってしまったのである。その経緯を漱石自身に語ってもらおう。

○七月二十六日の暴風雨が漸く歇んだと思つたら又したゝかに雨が降つたので天龍川の堤が切れて汽車が不通になつた。それを徒歩連絡で十町ばかり足を労すれば済むやうになつたのは一昨日である。其十町が七町に減じたと今日の新聞にあつた。（中略）明けて見ると又したゝか降る。（中略）自分は明朝八時半の一二等最急行で行く積であつたが、不通では仕方がない。（以下略）（『日記』一九一一年〈明治四四〉八月九日）

○夜眼を三度さます。一度は静かであつたがあとの二度は大変な音をして雨が降つてゐた。明日はとても不通だらうと思ふ。（中略）雨は一時小降りになると共に天地が非常に静かになつた。表をあるく人の足音が耳に入る。（中略）八時頃車夫が帰つて、矢張不通といふ。（中略）

十時頃蟬が鳴き出して空の奥に日光をつゝみたる気合なり。（以下略）

（『日記』八月一〇日）

快晴新橋に行くと東海道線全通とある。早速乗り込む。鶴見の手前で電信柱の半水に埋れたのを見る。道中夫程の災害もなき模様、袋井の処はレイルの下を剤つて二十尺ばかり持つて行つたので長さは僅ばかりである。

　車中川崎造船所の桑ばた、小山正太郎画伯、浜野工学、逓信省の猪木士《ママ》彦に逢ふ。暑甚し。八時半つく。長谷川高原両氏迎へらる。（以下略）　　（『日記』八月一一日）

　日本は概して鉄道の地盤が軟弱で、雨も多く、河川はよく氾濫した。だから明治の末期になっても、鉄道の不通は現在では考えられないくらい頻発した。当時の新聞をめくってみると、洪水で鉄橋や線路が流されたり、地盤が緩んで列車が不通になった記事がなんと多く見られることか。日本は降雨量が多く、台風もくる。河川は急流で降雨により流量は大きく変化する。河川の氾濫は江戸時代までは不可抗力の天災として自然に身を委ねるしかなかったが、明治以降はオランダなどから導入した土木技術を使って、堤防建設、川幅拡張、ダム建造、遊水地設営、放水路掘削などの工事がおこなわれた。以前は河川の舟運が大事だったので、やたらとダムは造れなかったが、鉄道の発達でその制約もなくなった。そのお陰で洪水はしだいに減っていったが、戦前は技術的にも予算的にも十分な治水工事はできなかったので、水害がわがもの顔に牙を剝き、しばしば鉄道線路をずたずたにしてくれたのである。

　ようやく復旧して、漱石が乗った特急の一等車車内で面識のあるいろいろな名士に会い、大阪駅では大阪朝日新聞の長谷川如是閑《にょぜかん》らに迎えられている。漱石はもう押しも押されもせぬ名士であり、もし朝日の勧誘を断って東京帝大教授であったなら、大阪出張があったとしてもせいぜい二等車で、顔もこんなに売れていなかったはずである。

この時漱石が乗った列車は、一九〇七年（明治四〇）春、朝日新聞社入社直後の関西行きに使ったのと同じ「最急行列車下関行」で、新橋駅発午前八時三〇分、大阪駅着午後八時二五分で、約一二時間かかっている。

一一日に泊まった大阪の宿「銀水楼」は大阪でも有数の割烹旅館であったが、「朝見るときたなき旅屋なり下宿の少し気の利いたやうなものなり」と漱石は決めつけている。猛暑でよく寝られなかったことも手伝って辛辣である。

一三日の明石講演には郡長、市長、助役など土地の名士大勢が羽織袴で出席したなか、岡山に帰郷していた漱石門下の内田百閒も駆け付け、また駅まで送りにも行っていた。

明治四十四年の夏、私は暑中休暇で郷里の岡山に帰って居《お》りました。ある日の新聞で、夏目漱石先生が、播州《ばんしゅう》明石へ講演に来られると云《い》う事を知ったので、早速東京早稲田《わせだ》にいられた先生に問い合わせの手紙を出しました。（中略）

漱石先生が演壇に立たれた時の感激は、二十年後の今日思い出しても、まだ胸が微《かす》かに轟《とどろ》くようです。題は「道楽と職業」と云うのでした。（中略）講演が終った時は、本当に夢からさめた様な気持でした。そうして、直ぐに、こんな講演が又いつ聞かれる事か解らないと云う様な淋《さび》しい気持がしました。（中略）明石の駅に行って、先生を待っていました。

先生の着かれる前から、構内には紋付がざわついて居りました。（中略）先生の傍には中中近づけない様な混雑でした。

そのうちに汽車が来ました。（中略）兎《と》に角《かく》、車室は古風な横開きの扉のついた四輪式で、（中略）その内に、先生は一人でつかつかと歩き出して、二三台先の一等車の中に這入ってしまいました。そうして、直ぐに汽車は動き出しました。その前に頭を下げて、先生を見送った時の気持を思い出すと、先生の思い出は申すまでもなく、それと共に自分の昔が懐《なつか》しくて堪《たま》りません。

（内田百閒「明石の漱石先生」『百鬼園随筆』）

かなり親しい弟子から見ても、漱石がもうこんなに神格化されてしまっているのは驚くばかりである。当時の最大のメディアである新聞に連載小説を書く花形作家はまさに大スターであったのだ。それはともかく鉄道好きで知識もある百閒が、漱石の乗った列車に編成された客車の形状を正確に伝えてくれている。当時は山陽線でも区間列車は側面に外開きの扉が並んでいる二軸単車であったこと、さりとて一等、二等、三等と全部連結されていたこと、そして百閒すら近づき難い名士・漱石は当然一等車に収まったことに注意してほしい。

八月一四日、大阪から和歌山への移動は、電化されていない南海鉄道の汽車で一時間五〇分を要していた。難波〜和歌山間が電化されるのは、この年の一一月のことなので、残念ながら電車は使えず蒸気列車だったのである。ところで、講演旅行は胃病持ちの漱石をかなり消耗させたことは事実であるが、漱石は転んでもただでは起きていない。すなわち講演旅行中に見聞したネタを自分の作品に取り込んでいるのである。この東京〜大阪〜和歌山〜大阪〜東京という移動体験はかなりたっぷり『行人』に活用されているのである。

翌日《よくじつ》朝の汽車で立った自分達は狭い列車のなかの食堂で昼飯《ひるめし》を食った。「給仕がみんな女だから面白い。しかもなかなか別嬪《べっぴん》がいますぜ、白いエプロンを掛けてね。是非中で昼飯をやって御覧なさい」と岡田が自分に注意したから、自分は皿を運んだりサイダーを注《つ》いだりする女をよく心づけて見た。しかし別にこれというほどの器量をもったものもいなかった。

母と嫂《あによめ》は物珍らしそうに窓の外を眺《なが》めて、田舎《いなか》めいた景色を賞し合った。実際窓外《そうがい》の眺めは大阪を今離れたばかりの自分達には一つの変化であった。ことに汽車が海岸近くを走るときは、松の緑と海の藍《あい》とで、煙に疲れた眼に爽《さわや》かな青色を射返《いかえ》した。木蔭から出たり隠れたりする屋根瓦の積み方も東京地方のものには珍らしかった。

（『行人』）

南海鉄道では食堂車を連結して白いエプロンを着けたウェイトレスが給仕しており、短距離を走る私鉄では珍しいことであった。

漱石の講演は明石、和歌山、堺、大阪と予定通り大好評裡に終わったが、問題は一連の講演の終了後に修善寺の大患に次ぐ大阪の大患をやってしまったことである。

東京出立前にこの旅行計画を聞いた鏡子夫人は真夏のことでもあり、胃弱な漱石には負担が大きすぎると反対したが、六月の信越講演旅行も無事に終えてそれも自信になったのか、やはり朝日新聞の企画なので、漱石もそう簡単には断る気にはなれなかった。本来漱石は旅が好きだったのである。しかし八月一八日、大阪講演が終わった後に嘔吐と吐血が起きたのだ。さすがの漱石も二回目の大患に驚いて、自分から朝日に病院の斡旋を頼んで湯川胃腸病院に入院し、鏡子夫人にもすぐ来てくれと電報を打ったのであった。入院中は朝日から長谷川如是閑や、漱石の小説の装丁をしてくれている津田青楓らもよく見舞いに来てくれた。小康状態にはなったが、念のための用心をして三週間たったところでようやく退院し、東京への移動は夜行列車の寝台車を選択した。

漱石が下段、鏡子夫人が上段だったらしいが、彼女は漱石がちゃんと息をしているか心配で時々それを見たりしたので、漱石以上に衰弱気味であった。途中名古屋での停車はほぼ一二時の真夜中であったのに、当時名古屋高等工業学校（現・名古屋工業大学）の教授だった義弟の鈴木禎次（鏡子夫人の妹の夫ゆえ鏡子と漱石から見て義弟）が見舞いに駆け付けてくれた。なのに、「口を利くのが大儀だ」といって無言であったことも心配の種であった。それでも翌日何とか新橋駅に安着している。

ところでこのときの夜行列車の寝台車や食堂車の体験も利用して、漱石は『行人』のなかにうまく描いている。『行人』のストーリーは、主人公である二郎の兄・一郎が二郎の知っている直と結婚したので、直は二郎の嫂となった。しかし学者で神経質な一郎は、直が本当は一郎より二郎が好きなのではないかと疑念を深めていた。一郎、直、二郎、母の四人で関西旅行をしたあとの帰京する夜行列車も舞台のハイライトの一つであり、特に鉄道史の観点からは大変興味深い。

一つ目は寝台車について。一八九九年に私鉄・山陽鉄道に登場して以降、しだいに普及したが一等寝台車と二等寝台車に限られ、また寝台車が連結されていた路線は、現在の東海道本線、山陽本線、東北本線、常磐線に限られていた。

汽車は例のごとく込み合っていた。自分達は仕切りの付いている寝台《しんだい》をやっとの思いで四つ買った。四つで一室になっているので都合は大変好かった。兄と自分は体力の優秀な男子と云う訳で、婦人方《がた》二人に、下のベッドを当《あて》がって、上へ寝た。自分の下には嫂が横になっていた。自分は暗い中を走る汽車の響のうちに自分の下にいる嫂をどうしても忘れる事ができなかった。彼女の事を考えると愉快であった。同時に不愉快であった。何だか柔かい青大将《あおだいしょう》に身体《からだ》を絡《から》まれるような心持もした。（『行人』）

二郎が嫂に対して「何だか柔かい青大将に身体を絡まれるような心持もした」というのは極めてエロティックで穏やかではない。インテリ漱石も作家としてさすが奇想天外な表現をよく発想できるものだと感心する。

二つ目は食堂車について。これも一九〇〇年に運行が始まって以降、しだいに増えて、主要幹線の急行列車以上にはほとんど連結されていた。

食堂が開《あ》いて乗客の多数が朝飯《あさめし》を済ませた後《のち》、自分は母を連れて昨夜以来の空腹を充《み》たすべく細い廊下を伝わって後部の方へ行った。（中略）

自分が母に紅茶と果物を勧めている時分に、兄と嫂の姿がようやく入口に現れた。不幸にして彼らの席は自分達の傍《そば》に見出せる程、食卓は空《す》いていなかった。彼らは入口の所に差し向いで座を占めた。そうして普通の夫婦のように笑いながら話したり、窓の外を眺めたりした。自分を相手に茶を啜《すす》っていた母は、時々その様子を満足らしく見た。

自分達はかくして東京へ帰ったのである。

（『行人』）

ここでも「自分を相手に茶を啜っていた母は、時々その様子を満足らしく見た」というくだりは、嫂と不倫する気持ちはさらさらないものの、二郎の陰鬱とした一郎への嫉妬心を何ともうまく間接的に表現しているではないか。やはり漱石は天才である。

是公との最後の旅行

漱石の遠距離旅行として最後になったのは一九一二年（大正元）の八月に、別格の大親友・中村是公と出かけた旅行である。結局八月一七日～二二日が塩原、二三日～二四日が日光、二五日が軽井沢、二六日〜二九日が上林、三〇日が赤倉に泊まり、八月三一日に帰京している半月間の旅であった。

九時三十分の急行。赤坊《ママ》に聞くと大分中等が込みあひさうなので上等にのる。寝台六人前（上を併せて十二人分）の列車にたゞ一人なり。煽風器が頭の上で鳴る。大宮々々、浦和々々、といふ声を聞いて寐てゐる。

十二時頃食堂に行く。食堂のつぎに喫烟室其次が中等の一部。（中略）

西那須〔野〕へ下車。軽便鉄道の特等へ乗る。（以下略）

（『日記』一九一二年〈大正元〉八月一七日）

一七日に上野を発つときは漱石は一人で、急行の二等車に乗ろうとしたら、大分混んでいるようなので、一等寝台車に鞍替えしている。ところが定員一二名のこの車両に乗客は漱石一人で、贅沢というか、むしろ淋しいものであった。

さてこの旅行は、中村是公のお忍び旅行のだしに漱石が使われた格好であるが、二人はお互いに無礼講《ぶれいこう》であり、そんなことは二人のあいだではどうでもよいことであったろう。この旅行について鏡子夫人は「漱石の思い出」のなかで次のように述べている。中村是公と漱石の交友関係の一面が見えて興味深い。

これは至極のんきな旅で、中村さんがお馴染《なじ》みの新橋、柳橋あたりのきれいどこをお連れになっての旅でして、夏目さんとごいっしょならとお宅の方でも御安心なさるというので、なんでもかんでもいっしょに行けと誘われての上の、つまりだしに使われて参ったようなものでした。お宅の方には、夏目のほかに連れがあるのはおおかた内証だったのでしょう。帰ってから笑っておりましたが、行く先々で、中村さんがお馴染みのお茶屋の女将《おかみ》さんや女中さんに手紙や絵はがきを出すのに、君は字がじょうずだからとかそのほうが専門なんだからと言って、夏目に代筆をおさせになる。（中略）ところが奥さんのところへおやりになるお手紙ばかりは、まさか代筆ではつとまらないと見えて、あの不精者が自分で几帳面《きちょうめん》に書いていたよなどと申しておりました。

（夏目鏡子述『漱石の思い出』）

当時は有力者、有名人でも大っぴらに芸者や妾を連れて避暑に行くのは格別のことではなかったようだ。そのかわりこの旅行の費用は全額是公持ちであったはずであるし、また鏡子夫人の弟の就職の世話を引き受けてもらった裏事情があったようである。漱石と是公は有無相通じる、持ちつ持たれつの間柄だったのである。

『明暗』に見る熱海物語

漱石の絶筆が『明暗』で、その完結を見ずして彼は没した。『明暗』のストーリーだけ追えば、インテリ中産階級の地味な出来事の展開でしかないものの、晩年における漱石の人間の心理の観察と描写はますます冴えて、読んでいて飽きさせないし、さすがと思わせる。

この小説の主人公・会社員の津田は社長の紹介でお延と結婚する。彼女は決して美人ではなく津田は今一つ気乗りしていない。お延は津田に愛されようと努力するが、夫婦関係はどこかぎくしゃくしている。津田が持病の痔で悩んでいると、お延は実家から津田の湯治費用も調達してくれた。一方、津田は以前、知り合いの吉川夫人から清子という美しい女性を紹介され、たちまち夢中になってしばらく付き合うが結局振られてしまい、彼女は他の人と結婚している。ところがその清子が流産してしまい、その湯治のために湯河原のある旅館に逗留していることを吉川夫人から聞く。津田は清子に逢いたいがために、同行したがる妻をうまくごまかして自分一人で湯河原に行く段取りができる。その宿で津田は清子に再会し、清子は驚くが、二人は懐かしく話をする。こんなストーリーの展開するなかで人間の憧れ、しきたり、惰性、欲望、嫉妬、思惑、駆け引き、葛藤などあたかも万華鏡を覗くような漱石の人間心理の描写が展開される。

(中略)彼は荒涼《こうりよう》なる車外の景色と、その反対に心持よく設備の行き届いた車内の愉快とを思い較べた。(中略)

彼は停留所の前にある茶店で、(中略)昼食《ちゆうじき》を認《したた》めた。(中略)けれども発車は目前に逼《せま》っていた。彼は箸《はし》を投げると共にすぐまた軽便に乗り移らなければならなかった。

(中略)彼は車室のなかで、また先刻《さつき》の二人連れと顔を合せた。

(中略)「まだ仮橋《かりばし》のままでやっているんだから、呑気なものさね。御覧なさい、土方があんなに働らいてるから」

(中略)すぐ海に続いている勾配《こうばい》の急な山の中途を、危なかしくがたがた云わして駆《か》けるかと思うと、いつの間にか山と山との間に割り込んで、幾度《いくたび》も上《あが》ったり下《さが》ったりした。(中略)

比較的嶮《けわ》しい曲りくねった坂を一つ上った時、車はたちまちとまった。(中略)

「脱線です」

(中略)津田も独《ひと》り車内に坐《すわ》っている訳に行かなくなったので、みんなといっしょに地面の上へ降り立った。そうして黄色に染められた芝草の上に、あっけらかんと立っている婦人を後《うしろ》にして、うんうん車を押した。（中略）押し出したり引き戻したり二三度するうちに、脱線はようやく片づいた。

（『明暗』）

この話の時代背景は一九一〇年代であり、東京駅を発った津田は東海道線の二等車で国府津まで行き、そこで電車に乗り換えて小田原まで、そこからちっぽけなＳＬの牽く軽便鉄道で湯河原に向かった。右の引用文の大半を占めているのが小田原から熱海に向かう軽便鉄道であるが、歴史的に今まで実に有為転変《ういてんぺん》しているのである。

温泉が湧き、海山あり、冬は温暖な熱海は江戸時代から開かれ、明治になってさらに人気は高まったが、東京・横浜方面からここに至る足の便は長年極めて不便であった。明治以降、現在まで東京から熱海に至る交通機関の変遷をまとめてみたが、いかに複雑な推移を辿ってきたか、如実におわかりいただけると思う。

特に大変だったのが一八八七年以前で、東海道線の汽車は新橋を出ると長らく横浜止まりであった。その頃は朝七時に新橋の停車場を出発、八時に横浜で馬車に乗りかえて夕方の五時頃小田原に到着し、そこで一泊する。翌日、小田原から熱海街道を人力車で約五時

東京～熱海間の交通機関の変遷

時期	東京～横浜	横浜～国府津	国府津～小田原	小田原～熱海
1872～84	東海道線	馬車		徒歩
1884～87	東海道線	馬車		人力車
1887～88	東海道線		馬車	人力車
1888～96	東海道線		馬車鉄道	人力車
1896～1900	東海道線		馬車鉄道	人車鉄道
1900～08	東海道線		電車鉄道	人車鉄道
1908～25	東海道線		電車鉄道	軽便鉄道
1925～34	東海道線		国鉄・熱海線	
1934～64	東海道線			
1964～	新幹線			

間走り、二日がかりで熱海に到着していたのである。熱海街道は、断崖絶壁の続く海沿いの悪路でとても危険であった。ここに着目した甲州商人・雨宮敬次郎が一八九六年に開通させたのが豆相人車《ずそうじんしゃ》鉄道で、なんと人がトロッコを押すのであった。一九〇〇年に国府津～小田原間の馬車鉄道は電車化されたので、小田原から人車鉄道に乗り換えても、東京を朝発つとなんとかその日の内には熱海に入れるようになり、客はぐんと増えた。熱海では旅館、飲食店、遊技場が増え、蒸し風呂、サウナ、温泉プール、電気の街灯などの新しいものが登場した。片道一日がかりでやってきた客たちは大抵一週間程度は逗留することにもなった。

その後、「豆相人車鉄道」は「熱海鉄道」

と社名変更され、一九〇八年に人力から蒸気機関車に切り替わった。小田原〜熱海間の所要時間は人車時代の三時間から二時間半に短縮されただけだし、煤煙をまき散らし、事故もよく起こした。しかし文明の利器はやはり違う。利用客は増えてゆき一九二〇年頃には一日一〇往復の運行になっていた。

この頃、国鉄も小田原〜熱海間の熱海線の建設を小田原から進めつつあった。一九二三年の関東大震災の大打撃にもめげず、二五年、ついに国鉄熱海線が全通したのである。これで東京から数時間の快適な旅で熱海に到達できるようになった。さらに三四年丹那《たんな》トンネルの完成によって、東海道本線がついに熱海を通ることになったので、熱海は東京からだけではなく名古屋や関西からも直行できるようになった。

この東京から行く熱海路は尾崎紅葉の『金色夜叉』、菊池寛の『真珠夫人』、宇野浩二『思ひ川』にも登場し、人車建設時の光景は芥川龍之介の『トロッコ』に描かれている。

第九章　漱石と乗り物・縦横無尽

漱石は立身出世で乗り物も贅沢に

乗り物は時代により進歩発展するのでその恩恵は一般的に享受できる。ただし同時代の乗り物でも人それぞれの地位や経済力によって、その選択や使い方や使う頻度は自ずと大きく異なってくる。これはもちろん漱石にも当てはまり、一八六七年から一九一六年までの約半世紀における乗り物の進歩・発展を踏まえても、漱石の立身出世にともなって乗り物の種類や乗り方が大いに変遷している。それでは漱石の立身出世を辿ってみよう。

漱石は一八九三年(明治二六)に帝国大学・文科大学英文学科を卒業して以来、基本的には勤め人の給料取りを始めた。就職してから没年までの勤務先および給与の変遷はつぎの通りとなる。

二年間におよぶロンドン留学時代に支給された留学費は月額一五〇円、年額一八〇〇円であり、同年の大学出のサラリーマンの給与よりもよかったであろうが、大英帝国のロンドンで生活し、図書をふんだんに購入するにはとてもきつかった。留学手当の三〇〇円のみ留守家族(妻・鏡子、長女、次女)の生活に充てられた。岳父・中根重一は高級官僚(内閣書記官長)を務めたので、この留守家族を支援するに事欠かないはずであったのが、退官後に株式や相場に手を出して失敗してしまったので、鏡子の実家も火の車であった。

漱石が帰国後ようやく夏目家の家計も安定する。最初の三年間の漱石の年収は三校の講師として合計で一八六〇円であった。もしこのまま残れば、近い将来帝大あるいは一高の教授になって社会的地位も上がり、二〇〇〇円～三〇〇〇円程度の年俸を得ることは固かった。

しかし漱石の講師時代に書いた『吾輩は猫である』『坊っちゃん』『草枕』などの作品がヒットし始めると、別の展開が見えてきた。紙上連載小説が今以上に目玉であった時代なので、有力新聞社では、国民新聞、報知新聞、読売新聞などがこぞって好条件で漱石に執筆依頼を出してきたが、朝日新聞は漱石を抱え込んでしまおうと、思い切った条件を用意し、漱石と交渉の結果、次のような条件で入社が決まったのである。漱石がいかに現実の経済問題として、家計問題を重視していたかが十分うかがわれる。漱石は経済人でもあったのだ。

・とりあえずの月俸は二〇〇円。ただし功績による累進あり。
・安定した身分の保証は社主及び池辺主幹が責任を持つ。
・退職金・恩給は社則を固めつつあるが、おおよそ役所に準ずる見当。
・新聞小説は一〇〇回連載の大作を年二回執筆する。短くして三回もあり得る。
・他雑誌社のなかでは従来関係の深い『ホトトギス』などへの論説寄稿は差し支えない

漱石入社当時の朝日新聞社（朝日新聞社提供）

が他新聞へは禁止。また小説は朝日の独占とする。
・朝日の紙上に載せた全作品の版権は漱石が留保する。

当時、特に上層階級や知識階級の人が金銭的なことをこまごまいうのは、はしたないといった雰囲気があったが、漱石はそんなことに構っていられない内情があった。経済合理性もロンドン生活で身につけていた。浪花節的な義理人情など構わず経済感覚を研ぎ澄ます必要が漱石にはあったのだ。当時の新聞記者は「羽織ゴロ」ともいわれてその社会的地位はまだ低かった。しかし朝日では主筆の池辺三山の交際費込月給二七〇円に次ぐ破格の待遇であった。朝日新聞に載った漱石の「入社の辞」に遠慮ないいい方もあったので、大学関係者からは「恩知らず」「不徳の輩」と不興を買ったが、朝日新聞紙上の処女作『虞美人草』の連載が始まると果たして反響は大きく、三越呉服店から虞美人草浴衣地が、玉宝堂からは虞美人草指輪が売り出された。その結果、朝日新聞社からの給与は年収二四〇〇円（月給二〇〇円）から始まったが、功績による累進条項があったので、しばらくして年収三〇〇〇円のレベルに達したようである。

漱石の年収（推計）

時期	勤務先	年収	家族構成
1893(明26)～1895(明28)	東京高等師範・講師	450円	独身
1895(明28)～1896(明29)	愛媛県尋常中学校・教諭	960円	独身
1896(明29)～1900(明33)	第五高等学校・講師	1200円	漱石＋妻＋女子1人
1900(明33)～1903(明36)	ロンドン国費留学学資	1800円	漱石自身
	ロンドン国費留学手当	300円	妻＋女子2人
	計	2100円	
1903(明36)～1907(明40)	東京帝国大学・講師	800円	
	第一高等学校・講師	700円	
	明治大学・講師	360円	
	計	1860円	漱石＋妻＋女子4人
1907(明40)～1916(大5)	朝日新聞社員前期	2400円	漱石＋妻＋女子4人＋男子2人
	朝日新聞社員後期	3000円	漱石＋妻＋女子4人＋男子2人

作家・漱石の収入としては給与所得のほかに、出版作品からの印税収入も重要である。しかしこの人気作家が金持ちになるのは没後であった。いずれにせよ、漱石作品の印税収入を漱石の門下生であり娘婿ともなった松岡譲がおおよそ表「漱石の年収」のように推計している。

したがって漱石生存中の年収は、朝日新聞社からの給与三〇〇〇円＋印税収入二〇〇〇円＝五〇〇〇円程度であったはずである。漱石の没後長生きした妻・鏡子や六人の子どもたちは一桁以上膨張した印税収入で大いに潤ったはずである。

このように漱石は十分な収入を得るようになったが、通常の年俸生活者に比べて夏目家の出費も多かった。漱石は決して豪放磊落《らいらく》な親分肌ではなかったが、対人関係を大事にし、義理堅く几帳面であった。そして漱石の謦咳《けいがい》に接したい門下生たちが「木曜会」を作り、小宮豊隆、鈴木三重吉、内田百閒、寺田寅彦、阿部次郎、安倍能成、和辻哲郎、野上豊一郎、芥川龍之介、久米正雄ら大勢が夏目家に集まった。彼らの飲み食い代は馬鹿にならなかったのだ。

収入が増えると乗り物も贅沢できる。人力車を頻繁に使い、汽車は二等車や一等車を使う、必要に応じ寝台車も使える。一方漱石も名士になると、招待旅行はほとんど全て一等車が用意されるということになる。

旅行作家・小説ブーム・そして旅

今と違って明治時代の新聞は連載小説の人気によって発行部数が大いに左右された。走りの作家であった岩田八十八《やそはち》、久保田彦作らの名前はもう忘れられている。一八九〇年代に入ると読売新聞では尾崎紅葉の『多情多恨《たじょうたこん》』、『金色夜叉』などが、また国会新聞では幸田露伴の『五重塔』などが華やかにデビューし、いよいよ本格的な新聞連載小説時代を迎えることになる。こうなると作家たちはそこに殺到し、名作の多くはこの分野から誕生している。夏目漱石も日本の代表的新聞連載小説作家でもあったのだ。

新聞連載小説で勢いを得た日本の小説を格段に飛躍させたのが「円本」であった。一九二六年に改造社が『現代日本文学全集』と銘打って、有名作家ごとに作品を一冊ずつにまとめて、一冊一円、全巻予約、月一冊配本というシステムを発表すると二三万人から予約受注できたのである。これがきっかけとなって新潮社の『世界文学全集』が四〇万、春陽堂の『明治大正文学全集』が一五万などと各出版社の全集物は皆ヒットして円本の大ブームが起きた。二〇世紀に入って高等教育機関を頂点にして学校数はぐんと増え、大正教養主義が読書の風潮・習慣を後押しした。円本ブームは五、六年で鎮静化したが、一九二七年の岩波文庫を嚆矢とする各社の文庫本がその後の読書ブームをきっちり下支えした。

　円本ブームとともに菊池寛らの努力によって日本でも作家の著作権が認められ、作家は書籍販売代金の一定率を自

漱石の印税推移

時代区分	時期	総印税額（概数）	年額印税（概数）
漱石生存中	1905（明38）〜1916（大5）	25,000円	約2,000円
没後大震災まで	1917（大6）〜1923（大12）	160,000円	約25,000円
円本（全集）時代	1924（大13）〜1927（昭2）	250,000円	約60,000円
文庫時代ー版権切れまで	1928（昭3）〜1945（昭20）	?	?

動的にもらえるいわゆる印税制度が確立された。この本の爆発的売れ行きと印税制度の確立が相まって有名作家の懐を大いに潤したので、彼らは堰を切ったように国内旅行や海外旅行に出かけたのである。新聞社や出版社がスポンサーとなって作家を旅行に出してルポルタージュや小説を書かせることも結構あった。林芙美子は『放浪記』をヒットさせて印税が入ると、さっそく中国、満州、ヨーロッパの旅に出ている。

横光利一は新聞連載小説を書くため毎日新聞がヨーロッパに派遣し、その果実が『旅愁』であった。すなわちこれら「新聞連載小説・円本・文庫本・印税制度」は作家を旅付かせ、それだけ自ずと旅や乗り物が作品に登場したのである。

こういうブームの前は、作家の収入は少なく、以前屈指の文豪といわれた尾崎紅葉でさえ決して豊かでなかった。そのため作家たちは小説だけでは喰ってゆけず、旅行作家になったり、アルバイトとして旅行文を書く者も多かったのである。日本の鉄道網が発展して遠距離旅行もできるようになると、それを煽るように旅行作家が誕生し、多くなった。今は忘れられているが、江見水蔭《すいいん》、大橋乙羽らがパイオニアでその後は大町桂月《けいげつ》や田山花袋らが出てきて有名である。

大町桂月は元土佐藩士の息子として生まれ、東京帝国大学国文科卒業後、一時島根県で中学教師になったが、博文館に入社して雑誌『文芸倶楽部』『太陽』『中学世界』などに随筆を書き美文家として知られた。一九〇四年に『明星』に発表された与謝野晶子の「君死にたまふことなかれ」に対して、「国より個人を優先する乱臣なり賊子なり」と『太陽』誌上で激しく批難した。終生酒と旅を愛し、晩年は遠く朝鮮、満州まで足を延ばしている。大町桂月の評価が低いのは、文章に深みのないことおよび国粋主義的な面からであろう。

大町桂月と漱石はある程度接触があった。漱石が『吾輩は猫である』を雑誌『ホトトギス』に連載中で世の中に知られてきた頃、桂月は雑誌『太陽』でこれを紹介する。これを読んだ漱石が今度は連載中の『猫』にこのことを採り入れて「だから大町桂月は主人をつらまえて未《いま》だ稚気《ちき》を免がれずと云うている」と書いた。こんなやりとりの後、桂月は雑誌『太陽』向けに原稿を依頼するが、漱石は多忙を理由に丁重にこれを断ってしまう。漱石は桂月の厚意は感謝しつつも、彼の文才を一向に評価しなかったようである。東京帝大で二学年違いでありお互いに全く知らないわけではなかったが、旅行作家として書く文章はどうしても深みに欠けるだろうし、学生時代から個人主義を標榜する漱石にとって、国家主義的で四角四面な桂月は肌に合わなかったようだ。

田山花袋は、群馬県・館林の生まれ、父は警視庁警官となり一家で上京するが、西南戦争に従軍して戦死したため、館林に戻る。丁稚奉公などをして苦労するが、独力で漢詩、和歌、西洋文学にも親しんだ。尾崎紅葉のもとで修業するあいだ、国木田独歩、柳田國男、島崎藤村らと交わる。博文館に勤務し、校正者や『日本名勝地誌』の編集者として旅行文を担当したので、旅行や乗り物には自ずと親しんだ。日露戦争が勃発すると約半年間、従軍記者をつとめ、軍医の森鷗外と親しくなった。その後、『蒲団』『田舎教師』などを発表し、自然主義派の代表的な作家の一人となる。

さて初期の鉄道は大変混雑した。そんな混雑ぶりを今に生き生きと伝える記述がある。まずは旅行作家の大町桂月が、一九〇〇年に東京から岡山までの汽車旅を描写していた。この頃彼は妻と二人の幼い息子を米子に残し、東京で文筆の道を立てようと、本、雑誌、新聞から注文が来れば書きまくっていた。しかしまだ無名で収入は知れていた。そんなときに三男が誕生したとの報に接し、急いで米子に向かったのである。こんな境遇だから乗ったのはもちろん夜行の三等車であった。桂月はぎゅうぎゅうに押し込められて一晩中微動だにできなかったようである。

乗り込み多き神戸直行の汽車に、おくれて乗り込みて、わずかに腰かくるだけの余地を得たり。幾多の長亭短亭を過ぎて、両方のまたどなりの人出でしかと思えば、余の右に居りし婦人、夫婦の間を人にへだてられ居りしに、其の中の人去りて、夫婦相接する機を得て、早くも顔を夫の方に向け、脚を余の方に延ばして、横臥しぬ。左の人も脚を余の方に向けて横たわりぬ。其脚と婦人の脚とは、余の背後に於て、幾《ほと》んど相触接せむばかりなり。其間に介せる余は、唯真直に腰かけたるのみにて、少しも体を曲ぐること能わず。

（大町桂月『迎妻紀行』一九〇〇年）

一九〇七年に書かれた田山花袋の『蒲団』は、自然主義文学作品の嚆矢として大変注目された。小説中の「私」、竹中時雄は作家としてほんのちょっぴり名が出ていた花袋自身がモデルで、そこへ岡山県の旧家出身ながら、神戸女学院出のハイカラで若く美しい横山芳子が弟子入りしてきた。妻と子ども二人を持つ時雄は芳子に心ときめき、心中穏やかではないが、どうしようもない。ところが芳子が好ましからざる青年と恋愛沙汰を起こしたので、岡山から芳子の父親が上京して、芳子を故郷へ連れ戻すことになった。時雄が二人を送って新橋の停車場に行ってみると駅は大変な混雑であった。

混雑また混雑、群衆また群衆、（中略）悲哀《かなしみ》と喜悦《よろこび》と好奇心とが停車場の到る処に巴渦《うず》を巻いていた。（中略）殊に六時の神戸急行は乗客が多く、二等室も時の間に肩《けん》摩轂撃《まこくげき》の光景となった。（中略）

ベルが鳴った。（中略）その混雑は一通りでなかった。三人はその間を辛《かろ》うじて抜

けて、広いプラットホオムに出た。そして最も近い二等室に入った。（中略）
父親は窓際に来て、幾度も厚意のほどを謝し、後に残ることに就いて万事を嘱《しょく》した。（中略）
妻が無ければ、無論自分は芳子を貰ったに相違ない。芳子もまた喜んで自分の妻になったであろう。（中略）
車掌は発車の笛を吹いた。
汽車は動き出した。
（田山花袋『蒲団』一九〇七年）

漱石・自然派、白樺派

漱石は変人を自認していたが、自分の頭脳と学識に自信を持っていたので、ささいなことや偏見から他人を批判することは決してなかった。しかし確固とした客観的判断基準を持っていたので、内心では他人を十分見極めていたに違いない。その観点からすると、漱石は桂月や花袋を評価していなかった。漱石は特に日本の自然派の行き方、雰囲気に批判的だったので、その反作用もあって自然派は完全にアンチ漱石であり、その急先鋒は正宗白鳥、田山花袋、岩野泡鳴《ほうめい》らであった。

私はこの頃、はじめて『虞美人草《ぐびじんそう》』を読んだ。（中略）プロットが整然として、文章も絢爛と精緻を極めているこ
とは、誰れにでも認められる。この一篇だけを例に取っても、漱石が近代無比の名文
あることは、充分に証拠立てられる。それでは、「虞美人草は読んで面白かったか」
き
かれると、私は、言下に否と答える。「私にはちっとも面白くなかった。読んでい
退屈の連続を感じた」と、私は躊躇するところなく答える。
漱石は、独歩などと違って、文才が豊かで、警句や洒落が口を吐《つ》い
風であるが、しかし、私には、そういう警句や洒落がさして面白くない

（正宗白鳥「夏目漱石論」）

端的にいえば、自然派側が「漱石の能力と蘊蓄には一目置くが、作品はわざと
りもので味がなく面白くない」と批判するのに対して、漱石は「自然派こそ自然態
が、やはり作りもので、しかも無思想・無構想で稚拙である」という応酬であった。

（略）今の一部の小説が人に嫌《きら》われるは、自然主義そのものの欠点でなく取扱う同派の文学者の失敗で、畢竟《ひっきょう》過去の極端なるローマン主義の反動であります。反動は正

動よりも常規《じょうき》を逸する。故にわれわれは反動として多少この間《かん》の消息を諒《りょう》とせねばならぬ。

さて自然主義は遠慮なく事実そのままを人の前に暴露し、または描き出すため種々なる欠点を生ずるに至りましたが、これを救うは過去のローマン主義を復興するにあらずして、新ローマン主義ともいうべきものを興《おこ》すにあろうかと思う。（以下略）

（『教育と文芸』一九一一年〈明治四四〉六月、講演録、於長野市）

しかし自然派のなかでは、島崎藤村の『破戒』や『夜明け前』は、単なる自然な描写ではなく、ストーリー性やしっかりした構築性があると漱石は十分評価していた。人に対する評価や好き嫌いは、その人の経歴が大きく影響することもある。その点、漱石二人谷崎潤一郎や三島由紀夫とどこか似ている。漱石も谷崎も三島もみな東京出石と谷崎は結構苦労して育ってはいるが、最高学歴への道を順調に歩いに籍を置いとも決して文学青年ではなく、漱石は理系にも強く、谷崎は一高時代とも入試では数学ていた。三島は高級官僚の家に生まれた秀才で法学部を出ている。ほとんど全員が文も理科もやっている。一方、自然派作家たちは例外なく地方の出で、オールラウンドの秀系私学の出身者である。したがって持って生まれた才能は別として、才と田舎出身の文学青年という対比になり、自ずと土俵が違っていた。

二葉亭四迷も小説の勧善懲悪から近代写実主義へという流れを作った点は坪内逍遥とともに非常に評価される。ただ写実の姿勢において、逍遥は「ありのまま」を強調しているのに対して、四迷はむしろ描き方に工夫を凝らすべきと主張している点が対照的である。朝日新聞社で一緒になった漱石は四迷を高く評価していた[illegible]逍遥の『小説神髄』を信奉する国木田独歩、田山花袋、正宗白鳥らは『早稲田文学』[illegible]系[illegible]信奉者が『帝国文学』へ向かった流れが漠と感じられよう。小説家としては早稲田[illegible]を上げた人が多く、東大系は小難しい小説や評論家的な人が多いようである。

漱石の人生半世紀と鉄道の発達

漱石が初めて汽車に乗ったのは二〇歳のときで一八八七年頃、没年は一九一六年だ[illegible]鉄道との付き合いは三〇年程度であったはずだ。この間、まず量的な視点で、日本の鉄[illegible]網がどう広がっていったかを、約七年刻みで鉄道路線地図に反映させると次ページのようになる。

列車を牽引する肝心の蒸気機関車はずっとイギリス・アメリカ・ドイツなどからの輸入に頼っていたのが、漱石の没する直前の一九一四年からようやく完全国産化された。客車

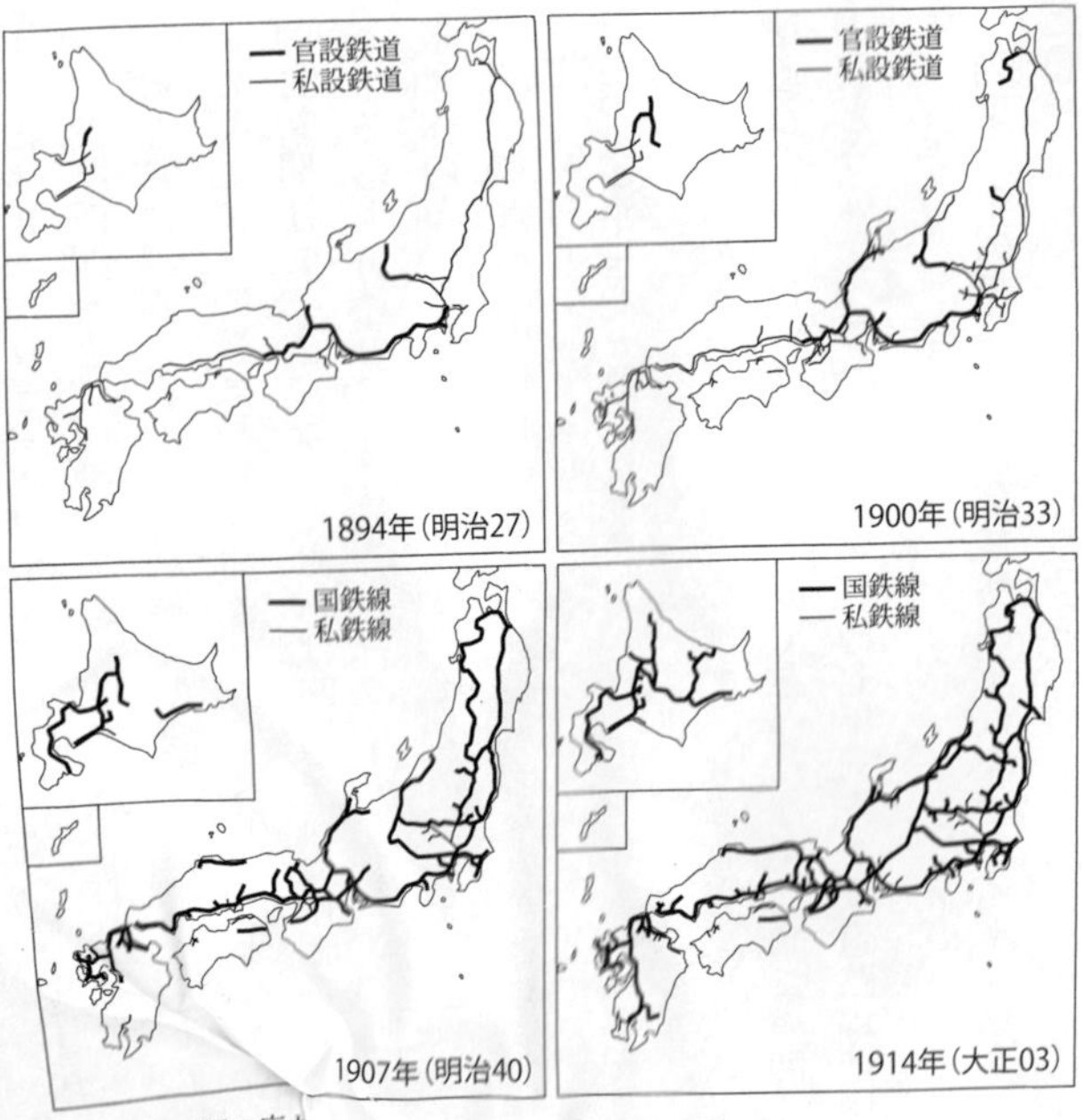

日本の鉄道網の広か

は以前から国産化されていた。まだ木造客車の時代ではあったが、標準化・大型化されていった。さらに寝台車、食堂車、展望車など鉄道旅行を快適化させるような車両もしだいに増備れ、列車の運行でさかん車、急行列車れていったなか、庶民にな三等車の混雑は一向に緩和されないのに、二等車や一等車、とりわけ一等車がガラガラであった。参考までに国鉄の一等、二等、三等の各々の乗車比率を示しておこう。

イギリスでは相対的にもっと二等車と一等車の乗車比率が高かったのは、等級ごとの運賃格差が大分影響している。イギリスは一等運賃が三等の二倍、二等が三等の一・五倍見当であるのに対して、日本では一等運賃が三等の三倍、二等が三等の二倍であったからでもある。

この間、車両はしだいに大型化され、蒸気機関車は二動輪から三動輪に、ボイラーも太くなった。客車も二軸単車が多かったのが、ボギー車が増え、サイズもだんだんと大型化していった。日本で一人当たりの座席面積を測ると確かに地道に増えている。大衆の乗る三等車の座席も、最初は腰掛も背もたれも木製であったのが、まず腰掛がクッションの入った布張りになった。漱石が乗る二等車、一等車のスペースや設備はずっとよく、混雑もなかった。各等級とも室内の照明がランプから電灯に変わったり、トイレも徐々に改良された。そして二〇世紀に入ると、寝台車と食堂車が出現したので、実際に漱石も活用しはじめている。

それから列車のスピードに人々は関心を抱くが、東京〜神戸間の所要時間を見ると、東海道線が全通した一八

日本の等級別乗車比率推移
(単位：%)

年	一等車	二等車	三等車
1880	0.47	3.93	95.60
1890	0.63	5.35	94.02
1900	0.70	7.03	92.27
1910	0.31	4.69	95.00
1920	0.02	4.48	95.50
1930	0.01	1.18	98.81
1935	0.01	0.76	99.23

漱石が晩年乗った一等展望車（『日本国有鉄道百年史』）

八九年では約一九時間かかっていたのが、漱石晩年の一九一二年では一二時間にまで縮まっている。平均時速に直すと時速三〇キロから五〇キロへのスピードアップであり、これにより体感速度は相当上がったはずである。そのため最初は東京から関西へ行くのに、浜松辺りで途中下車して一泊してから、翌日乗り続けるような人もいたのであるが、そういうことはほぼなくなった。

さて、漱石の乗る客車の等級は立身出世によって変遷している。学生時代は三等車、松山・熊本時代は二等車、帰朝後はしばらく二等車だったのが、その後は一等車になったというのが大きな流れである。

それでは三等車、二等車、一等車の車内はどのように異なっていたのであろうか。

座席の設《しつら》えを見ると三等車は板張りでいわばベンチの如き状態なのに対して、二等、一等ではクッションの入った布張りである。もう一つ、当時は車体幅が狭かったので、中央通路を挟んでクロスシートが二列採れなかったのである。したがって二等車では片側はクロスシート、反対側がロングシートとしているし、もっとスペースをゆったり採りたい一等車ではなんとロングシートの向かい合わせ構造で、もしシートが粗末なら現在の通勤電車車内と見間違ってしまうであろう。

さて、客車の豪華さでいうなら東海道線の最速列車の後尾に連結されていた一等展望車が最上である。その列車は、一九〇六年（明治三九）から「最急行」と名付けて特別料金を取る代わりに、快適で速い列車（新橋～神戸間を走る一・二列車）が誕生した。その後、一二年（明治四五）になると、この一・二列車が「最急行」から「特急」に格上げされ、速度も設備も大きく更新され、初めて一等展望車も連結した。この車両こそ、立身出世した晩年の漱石が自ずと愛用する結果となったものである。

漱石と林芙美子、そして三島由紀夫

さて、私が心惹かれる作家を二人挙げよといわれたら、おそらく「夏目漱石」と「林芙美子」を挙げるであろう。苦学はしたが、世の中のエリートに上り詰めた漱石と、苦難の中から這い上がり、一生庶民の代表を自負した芙美子の経歴は対照的である。そんななかではあるが、私は二人を天才的作家だと感嘆するのである。かたや理知的天才、かたや感覚的天才として対照的である。漱石の天才は文章の筋を追いながら感嘆するのに対して、芙美子の天才は、文章中のたった一語、二語で読者の琴線に強く触れてくるのである。

そんな二人の文章を対比してみよう。まずは二人とも乗船した大阪から大連に渡る連絡船の船中の描写の違いである。前出した、一九〇九年に鉄嶺丸の一等船室に乗ったときの漱石の述懐を想い出して頂きたい。それに対して、『放浪記』の印税がやっと入った芙美子が三〇年に初めての海外旅行として満州に渡ったときの三等船室についての記述である。


鋸《のこぎり》で歯を刻むような、行き詰りを感じ、うんうん唸っていた内地での私が、地図の上でひろった支那のあの漠々と野方図《のほうず》もない広い面積を見ますと、ひょいとしたら、あんなに大きいのだから、片隅ぐらいこの小さな女にくれないともかぎらないと、不思議な秋夜の空想から、旅立ちをケツイして、ウラル丸の焼けつくような船室に、何日か私は海と語りながら遠い支那の景色を空想していました。

「行ってしもた、行ってしもた、皆笑《わろ》うてる間に、皆行ってしまいよった」

大阪者の子供が、三等の小さな窓から海を眺めて、こんな事を唄《うた》っていました。なるほど、皆行ってしまった。日本の波止場も日本の空も――。（中略）

群れた女の酢っぱい体臭！　汐《しお》の匂い、干大根と油揚げ、南京米《なんきんまい》に潮風呂、ああ拾九円の旅愁です。

（林芙美子『哈爾濱散歩』）

私が感動するのは、例えば「片隅ぐらいこの小さな女にくれないとも」という表現、それから「大阪者の子供が……」という件《くだり》はひょっとしたら芙美子の創作のような気がしてならない。実は芙美子の不安をこの子どもに代弁させているのではないだろうか。それにしても自然と読む者に感情移入させてしまうではないか。

『満韓ところどころ』でも『日記』でも漱石は満州の大地をほとんど描写していないが、芙美子は大連から長春まで満鉄の急行「はと」に乗ったときの食堂車の情景を実にうまく表現している。

> 太陽だろうか月なのだろうか！　野原と空が赤く燃えていて、黄昏《たそがれ》の森の彼方《かなた》に、玉転がしの様に陽が落ちています。「夕陽です」食堂車でお茶を飲んでいる私の耳に、こんな優しい言葉が聞えました。振り返って見ると、食堂の女給仕さん、露西亜《ロシア》女だけれど、日本語が大変うまい。むきだしの白い腕に産毛《うぶげ》が金色に光っていました。
>
> （中略）
>
> 満州で強いものは、人間よりも自然です。どこへ行っても果てしのない空と野原、ところどころの森、鉄道の沿線には、今こうりゃんが茶色に実のっています。
>
> （林芙美子『哈爾濱散歩』）

ここでも「むきだしの白い腕に産毛が金色に光っていました」という部分的な表現によって夕陽の射し込む食堂車内全体の雰囲気をいかにも髣髴させてくれるではないか。

さて、漱石が立身出世して乗るようになった豪華列車の象徴が、東海道線の最速列車の一等展望車であろう。この車両を晩年の漱石が関西に向かう際に愛用していた。まさにこの豪華車両を三島由紀夫が『春の雪』で描いていたのである。

新橋・下関間の特別急行列車は、朝の九時半に新橋を発ち、十一時間五十五分で大阪へ着くのである。

(中略)

列車が展望車の欄干を見せて、光りの帯を縫いながら、重々しく後尾からホームへ入ってきた。(中略)

窓外に鋭い呼笛《よびこ》がひびいた。聡子は立上った。(中略)

「もう汽車が出るわ。お降りにならないと」

(中略)

「清様《きよさま》もお元気で。……ごきげんよう」

と聡子は端正な口調で一気に言った。
清顕は追われるように汽車を降りた。折しも腰に短剣を吊《つ》り五つ釦《ボタン》の黒い制服を着た駅長が、手をあげるのを合図にして、ふたたび車掌の吹き鳴らす呼笛がきこえた。かたわらに立つ山田を憚《はばか》りながら、清顕は心に聡子の名を呼びつづけた。汽車が軽い身じろぎをして、目の前の糸巻の糸が解《ほど》けたように動きだした。聡子も、二人の夫人も、ついに姿を現わすことのなかった後尾の欄干が、たちまち遠ざかった。発車の勢いのよい煤煙《ばいえん》が残されて、ホームに逆流し、あたりは、荒《すさ》んだ匂《にお》いに充《み》ちた時ならぬ薄暮が立ちこめた。

（三島由紀夫『豊饒《ほうじょう》の海（一）春の雪』一九六五年。情景の設定は一九一二年頃）

一九六五年に書かれたこの小説は大正初頭を描いているのであるが、一九一二年はまさに東京〜下関間に特別急行列車である一・二列車がデビューしたときであった。この列車のために国鉄では木造ではあるが豪華な専用客車を新製して、前年輸入したばかりの最新型のSLに牽かせた。新しい大きな東京駅ができる直前の頃であった。新橋駅は行き止まり式の構造であったので、最後尾に連結されたデッキ付き一等展望車が機関車に押されてホームに入ってきたのである。松枝侯爵の一人息子・清顕と綾倉伯爵の令嬢聡子は幼馴染

み の美男美女で、年頃になるとお互いに惹かれ合っていた。ところが清顕のちょっとした強情と美意識によって大変な行き違いが起きてしまう。京都の尼寺に出家することになってしまった聡子を無念の清顕が送りにいったシーンである。

こんなセレブの列車と対照的だったのが、芙美子が女一人で初めてヨーロッパに向かった際の国際列車の三等車であった。ここでも庶民はどこでも同じであると喝破する芙美子の筆致は冴えわたっている。

（略）だけどこの汽車の三等は、まるで一ツ家族みたいなのはどうした事でしょう。長閑《のどか》で、軽口屋が多くて、いつまでも朗らかな笑声が続いています。——無産者の姿というものは、どんなに人種が変っていても、着たきり雀で、朝鮮から巴里《パリー》まで、皆同じ風体だなと思いました。（中略）

プロレタリヤと云うハイカラ語をつかう前に、私は長い三等の汽車旅で、随分人のいい貧乏人たちを沢山見過ぎて来ました。

さて、これから巴里の生活です。お天陽様《てんとう》、お見捨てなく！　私はまだまだこれから、どこまでも遠く旅を続けるか知れないのです。

（林芙美子『下駄で歩いた巴里』一九三三年）

エピローグ――漱石の旅は続く

郊外電車の時代

漱石の存命中に本格的線路を走る電車といえば、山手線の一部（新橋～上野間）、中央線の一部（御茶ノ水～中野間）、京浜東北線の一部（東京～高島町）、京王電鉄の一部（笹塚～調布間）、京成電鉄の一部（押上～市川間）、玉川電鉄（現・東急電鉄・田園都市線の一部）、大師電鉄（現・京急電鉄・大師線）くらいしかなかった。

そして徳冨蘆花が一九一三年に書いた『みみずのたはこと』は、彼が一九〇七年に青山から現在の「芦花公園」に移り住んだ頃に、ちょうど京王線の敷設が始まった情景を描写していた。

儂《わし》の村住居《むらずまい》も、満六年になった。暦《こよみ》の齢《とし》は四十五、鏡を見ると頭髪《かみ》や満面の熊毛に白いのがふえたには今更《いまさら》の様に驚く。（中略）何れも茅葺、古い所で九十何年新しいのでも三十年からになる古家を買ったのだが、外見は随分立派で、村の者は粕谷御殿《かすやごてん》なぞ笑って居る。（中略）今は宅地耕地で二千余坪《よつぼ》になった。（中略）
曩時《むかし》の純農村は追々都会附属の菜園になりつゝある。京王電鉄が出来るので其等を気構え地価も騰貴した。（中略）
新宿八王子間の電車は、儂の居村《きよそん》から調布《ちようふ》まで已に土工を終えて鉄線を敷きはじめた。トンカンと云う鉄の響が、近来警鐘の如く儂の耳に轟く。（中略）愈電車でも開通した暁、儂は果して此処に踏止《ふみと》まるか、寧東京に帰るか、或は更に文明を逃げて山に入るか。今日に於ては儂自ら解き得ぬ疑問である。
（徳冨健次郎『みみずのたはこと』一九一三年）

また玉川電車とは現・東急田園都市線の地下鉄部分であるが、一九〇七年に路面電車として開業し、漱石の弟子の寺田寅彦が乗っていた。寺田はとくに写生が好きでよく郊外に出かけたので、郊外電車の誕生は彼にとって大きな福音であった。

十一月二日、水曜。渋谷《しぶや》から玉川電車《たまがわでんしゃ》に乗った。東京の市街がどこまでもどこまでも続いているのにいつもながら驚かされた。

世田が谷《せたがや》という所がどこかしら東京付近にあるという事だけ知って、それがどの方面だかはきょうまでつい知らずにいたが、今ここを通って始めて知った。（中略）

駒沢村《こまざわむら》というのがやはりこの線路にある事も始めて知った。頭の中で離れ離れになってなんの連絡もなかったいろいろの場所がちょうど数珠《じゅず》の玉を糸に連ねるように、電車線路に貫ぬかれてつながり合って来るのがちょっとおもしろかった。（中略）

玉川《たまがわ》の川原では工兵が架橋演習をやっていた。あまりきらきらする河原には私の捜すような画題はなかったので、川とこれに並行した丘との間の畑地を当てもなく東へ歩いて行った。（中略）

電車は小学校の遠足のかえりでいっぱいであった。（中略）

世田が谷近くで将校が二人乗った。

（寺田寅彦『写生紀行』）

「郊外電車」という言葉は死語にはなってはいないが大分風化している。東京郊外でも郊外電車が本格的に広がるのは関東大震災（一九二三年）の後、東京が復興・発展してゆくさいに、だんだん武蔵野が切り開かれ、文化住宅に象徴される新興住宅地ができ、都心からそこに電車が通い出した……といった時代を背景にしているのだから無理もない。

東京郊外では、京成電鉄、東武鉄道、東武東上線、西武池袋線・新宿線、京王線、小田急線、東横線、京浜急行などの私鉄や国鉄の総武線、常磐線、京浜東北線、中央線の電車運行区間は漱石没後の一九二〇年代以降に敷設されたり、延長されたりし始めて、三〇年代、四〇年代に隆盛に向かった。関西でもまったく同じ動向が見られる。

実はアメリカでは、「インターアーバン」という都市間連絡電車網があって、一時は総延長三万キロにも達した。それが、時期的にちょうど入れ替わりに立ち上がった「日本の郊外電車」には格好のモデルになったのである。日本ではその運営形態だけでなく、一部部品も輸入して、アメリカを真似て電車を造り走らせた。これが現在の私鉄各社の原型となっている。だから一九一六年に没した漱石は本格的に出現した「郊外電車」とは入れ替わりになってしまったのである。ちなみに、モデルとなったアメリカの「インターアーバン」は、モータリゼーションに押されて、一九〇〇年〜一九三〇年代でほとんど興廃してしまっていた。

自動車の時代

漱石は人生の晩年になって自動車という乗り物に辛うじて乗ることができた。自動車が

東京の電車の開通年

		開通		電化	
	現在の路線名	年	区間	年	区間
漱石存命中	JR山手線	1885	品川－新宿－池袋	1909	新橋－品川－新宿－上野
	JR中央線	1895	新宿－飯田町	1904	御茶ノ水－中野
	西武・新宿線	1895	久米川－東村山	1927	高田馬場－東村山
	京急・大師線	1899	六郷－大師	1899	六郷－大師
	東武・伊勢崎線	1899	北千住－久喜	1924	浅草－西新井
	東急・玉川線	1907	渋谷－二子玉川	1907	渋谷－玉川
	京成・京成線	1912	押上－市川	1912	押上－市川
	京王・京王線	1913	笹塚－調布	1913	笹塚－調布
	JR京浜東北線	1914	東京－高島町	1914	東京－高島町
	東武・東上線	1914	池袋－川越	1929	池袋－川越
	西武・池袋線	1915	池袋－飯能	1922	池袋－所沢
漱石没後	東急・池上線	1922	池上－蒲田	1922	池上－蒲田
	東急・目蒲線	1923	目黒－沼部	1923	目黒－沼部
	東急・東横線	1926	多摩川－神奈川	1926	多摩川－神奈川
	東急・大井町線	1927	大井町－大岡山	1927	大井町－大岡山
	小田急・本線	1927	新宿－小田原	1927	新宿－小田原
	京急・本線	1930	品川－浦賀	1930	品川－浦賀
	JR・総武線	1932	秋葉原－両国	1932	秋葉原－両国
	京王・井の頭線	1933	渋谷－井の頭公園	1933	渋谷－井の頭公園
	JR・常磐線	1936	日暮里－松戸	1936	日暮里－松戸

日本に初めて輸入された記録はちょうど一九〇〇年（明治三三）頃であるが、統計によると漱石の亡くなる前年の一五年の日本全国の自動車登録台数はたったの八七三台であるから、当時日本人で自動車に乗ったことがないのは当然として見たこともない人の方が断然多かったはずである。それはまさに日本における自動車事始めの時代であったのだ。だから漱石はロンドン留学以前には自動車を絶対に見ていない。ロンドンでも多少見た程度である。それでも漱石はこれまた出世頭の親友・中村是公のお蔭で自動車乗車経験を持つ僥倖に恵まれたのである。その証拠として『日記』には次のような記述が見られる。

〇曇。十一時過満鉄に行く。そこで午餐を認め。夫から自働車で停車場へ行く。鎌倉行。（以下略）

（『日記』一九一一年〈明治四四〉七月二一日）

中村是公が満鉄の総裁をしている頃、飯倉に満鉄東京支社ができており、是公から呼び出しがあって漱石はそこへ行った。そこで一緒に昼飯を食ってから、鎌倉へ行くため新橋駅まで自動車を出して貰っている。

軽井沢より豊野、長野にて是公待ち合はせる。力石に会ふ。豊野にて下車。きたなき馬車宿。さうかと思ふと護謨輪の車あり。巡査が挨拶する。自働車が今中野を出たから二十分待てといふ。自働車は頭の上にズックを張つたものなり。田道を疾馳す向から馬車がくる時が危険。衝突。馬車の心棒まがる。(以下略)

(『日記』一九一二年〈大正元〉八月二六日)

これも是公の誘いで軽井沢・長野旅行をした際に豊野で下車し、湯田中に向かうときにも自動車に乗った記録である。悪路の上で馬車と衝突もした。一九一六年(大正五)に没した漱石はちょっぴり自動車の香りを嗅げたが、いわゆるモータリゼーションの世界までは知らなかったのである。

さて、自動車の動力として最初は蒸気自動車、電気自動車といろいろ試行されたが、本命となるガソリン自動車は一八八六年(明治一九)、ドイツのダイムラー社やベンツ社が三輪車や四輪車を完成させたのが起源である。一九世紀中にドイツのベンツ社やフランスのパナール社でガソリン自動車の生産が始まるが、大量生産はアメリカで有名なT型フォードの生産が一九〇八年(明治四一)に開始されたときに始まった。

日本へは一八九八年(明治三一)に、フランスから試験的に輸入されたパナールが築地と上野のあいだで試運転されたという記録があるが、一九〇〇年辺りから金持ちの好事家たちが海外からちらほらと持ち込み始めた。漱石が長野県で自動車に乗った一九一二年（大正元）において、東京市の自動車保有台数が二六二台、大阪市ではたった一七台であったが、皆資産階級ないし法人の所有であった。

一九〇七年、日本で最初のハイヤー（運転手付きの貸し自動車）会社である帝国運輸自動車が東京にできた。一九一二年、日本で初めての辻待ちタクシー会社が有楽町にでき、T型フォード六台が営業を開始し、銀座などでは自動車も少しは見かけられるようになった。しかし、一九一四年に第一次世界大戦が始まると、タクシーのガソリン使用が禁止され、木炭・薪に置き換えられた。

一方、その頃になると経済的に漁夫の利を得た日本は、多くの大戦成金を生み、彼らが輸入自動車に飛びついたので、日本の自動車保有台数は飛躍的に伸びた。自家用車だけでなく、タクシーやバスも見られるようになった。「円太郎バス」や「円タク」が出現するのは、一九二三年（大正一二）九月一日に発生した関東大震災後のことである。震災で路面電車がしばしば使えなくなった東京市が代替バスに充当するためフォード社から八〇〇台のT型を急遽輸入したからである。日本の自動車保有台数は二三年は一万二七六五台だったが、二四年には二万四三三三台、二六年には四万七〇台と著増した。この頃はアメリカからの輸入がほとんどで、フォード・モーターは一九二六年に横浜に組立工場を建設して、トラックを主力として生産を開始した。二七年にゼネラル・モータースが大阪に工場を建設してシボレーブランドを中心に生産・販売を始めた。

　自動車が漱石の作品に初めて登場するのは『彼岸過迄』で、田口の家の前に自動車が停まっている。田口の家は、ハイヤーで乗り付ける客が出入りした。それでも、当時の上流階級や金持ちは、自動車より馬車の方に高級イメージをもっていたようだ。『行人』では「雅楽所の門内には俥《くるま》がたくさん並んでいた。馬車も一二台いた。然し自動車は一つも見えなかった」と書かれている。

漱石は飛行機も知っていた

　アメリカでライト兄弟が世界で初めて飛行に成功したのは一九〇三年で、漱石がロンドン留学から帰朝した年であった。当時は鉄材と木材や布で造られた幼稚な構造であったが、欧米で飛行機がだんだんと進歩してくると、日本でも陸海軍が関心をもって導入を始めた。

　日本人による初飛行は、一九一〇年に徳川大尉がフランスから持ち帰った複葉機と、日野大尉がドイツから持ち帰った単葉機を代々木練兵場で飛行させたときである。またその頃になると、アート・スミスやグレン・カーチスらの曲芸飛行士が来日して演技を披露すると、またたく間に世間の大ニュースとなって、大人も子どもも夢中になった。好奇心旺盛の作家たちは関心を抱き、漱石もその一人だった。
だから漱石の著述や講演などを見ても一九一二年辺りからはっきり「飛行機」という言葉が出てくる。漱石は飛行機の曲芸飛行大会には大変関心が強かったらしいが、これはかれの好奇心や探求心だけではなく、理系に強かったことも大いに影響しているのであろう。一九一二年五月にグレン・カーチスの飛行を期待して芝浦に出かけた漱石の落胆は大きかった。

○（中略）午後四時水上飛行器の飛行を挙行するといふ案内を受けて芝浦の埋立地第二号に行く。今日中止!!!と張りつけてある。わざ〳〵案内をして理由もなく中止す。驚ろくべき無責任なり。テントの中に飛行器あり。カーチスなるものは恐らく山師ならん。（以下略）

（『日記』一九一二年五月二五日）

またあるとき、漱石はスミスの飛行大会が開かれるのをうっかり失念してしまっていた。ところが街を歩いていると通行人が一斉に空を見上げ一生懸命何かを追っている。漱石ははたと思い出してさっそく群衆にフォローした。ところが飛行機が大空で宙返りをした後、みるみる降下してついに家並みに隠れてしまった。群衆も漱石もついに天才飛行士の最期かとざわめいたのである。

午後二時頃家を出て七軒寺町の大通へ出ると往来が何時になく賑やかで丸で縁日のやうにぞろ〳〵してゐる。今日は外套も要らない暖かい日和なのと土曜に当るので斯んなに人が出るのかと思ふと、彼等の視線はみんな南の空に注がれてゐる。今日はスミスが青山の練兵場で曲乗飛行をやるといふ事を忘れてゐた自分は漸く気がついて、みんなの視る方を眺める果して向ふの電信柱の上に一台の飛行器が飛んでゐた。（中略）すると又ぐるりと廻転した。ぐるりといふ言葉は少し強過ぎるかも知れないやうに、なだらかな大きな円を描いて、ふわりと飛首が上りつゝ又進みつゝ故の位地に復すのである。（凧のぐる〳〵転るやうな性急なものでは決してなかつた。）

最後に機は真逆さまになつて流星の様な勢で落ちた。今迄ふわ〳〵漂ひながら舞ふ如く廻転したり逆転したりする有様を眺めてゐた自分は此急速度の直線を眺めた時、おやと思つた。其時機は同じ速度で人家の下に隠れた。

「今のは落ちたんぢやないか」

「落ちたんだらうね。なんぼなんだつて、あゝ早くは降りられまい」

あの速度で家の後ろに隠れたあの後《あと》は何《ど》うなつたのだらう。最後を見届けない時は心掛りなものである。（「スミスの宙返り」）

はらはらさせたスミスが無事着陸していたとわかったのは翌日の新聞であった。このように漱石は飛行機に関心が強いため、小田原沖では凧を飛行機に錯覚しまったことがあった。

スミスの飛行演技の写真

小田原の早川口で軽便鉄道の硝子窓越に見て見ると向うの空に飛行機が見える。それが見てゐるうちに傾いて来た。さうして誰が眼にももう墜落しさうに見えた時、彼は思はず大きな声を出して「あゝつ」と云つた。すると其飛行機らしいものは飛行機の恰好をした凧であつた。（「飛行機」）

漱石以外の作家でも飛行機に関心を寄せた作家は少なくない。例えば石川啄木は一九一一年四月二日の日記に「新聞には花の噂と飛行機の話が出てゐた」と書き残している。また、志賀直哉は唯一の長編小説『暗夜行路』のなかで、自身がモデルとなっている主人公・時任謙作が飛行機を目撃し、また飛行機に思いを馳せる場面がいくつか出てくる。前篇では、マースの飛行を初めて見たり、飛行機が飛び立った瞬間、「不思議な感動から泣きそうになった」と記している。人類の英知の結晶として飛行機が肯定的に捉えられている。しかし後篇に入ると、墜落した飛行家の遺品を見るシーンなどが出てきて、謙作の飛行機に対する考えは変わってゆく。謙作は科学の発展を否定し、自然に惹かれはじめ、クライマックスの大山の場面では、悠々と舞う鳶に比べて人間の考えた飛行機は醜いものだと思うようになっていた。

このような飛行機ブームは科学進歩の最新の象徴としてチラシやポスターにもよく使われたし、子どもも夢中になってゴム動力の模型が流行った。現に一九一一年七月には大阪の中之島公園で日本初の模型飛行機の競技会が開かれ、まだゴム動力の幼稚なものであったが、多くの大人も子どもも参加した。こんなブームになった飛行機に新聞社が目をつけないわけはない。二五年、朝日新聞社は社運を賭けて、また、国民の期待を乗せて「初風」「東風」二機を使い、延べ九五日をかけて東京からモスクワ、パリ、ロンドンを経由し、ローマまで一万七〇〇〇キロを正味一一六時間で飛行したのであった。それから四年後の二九年には、斎藤茂吉を含む四人の歌人を朝日新聞社機に搭乗させて歌を詠んだ光景を「一行は箱根上空で干杯をあげたり、ありつたけの空中弥次喜多ぶりを発揮しいづれも大元気」と伝えている。この間当然、陸海軍でも飛行機の進歩と機数の増加があったし、民間航空も昭和に入る頃から台頭してきた。そして三一年には史上初めて一人で大西洋横断飛行を達成したリンドバーグ夫妻も来日してブームを煽った。

ロンドンを空襲する飛行船（牧野光雄氏提供）

飛行船は悲劇の象徴

さて、今日「飛行船」というと、ときおり、広告宣伝のために都会の空を遊弋する飛行物体という認識であろうが、戦前、一九一〇年〜三〇年代の約三〇年間はもっと大きなグロテスクな飛行物体としてよく知られていた。飛行船は一九世紀半ばにフランスで開発されたものが、ドイツで、フェルディナント・ツェッペリン伯爵によって硬式飛行船として完成された。そして一九〇〇年には飛行に成功してようやく世に広く認知された乗り物である。一〇年頃から飛行船は軍用と民間用に採用された。第一次世界大戦においては、ドイツ軍が軍用飛行船を用いて、ロンドン空襲をおこなった。その後、飛行船は民間の長距離飛行に採用され発展していったが、事故も相当多く、特に三七年ニュージャージー州に着陸したヒンデンブルク号の突然の爆発大惨事によって飛行船の時代は終焉した。

この飛行船について漱石も言及しているが、一つは日常の何気ない人間の群集心理を述べた軽い話題である。

> 近頃読んだ本でありませんが（中略）本の中にイミテーションということについて例を沢山挙げてありましたが、（中略）例えば、一人の人が（中略）往来で空を眺めていると二人立ち三人立つのは訳はなくやる。それで空に何かあるかというと、飛行船が飛んでいる訳でも何でもない。けれども飛行船が飛んでいるとか何とかいえば、大勢の群集が必ず空を仰いで見る。その時に何か空中に飛行船でも認めしむることが出来ないとも限らない。
>
> それほど人間という者は人の真似をするように出来ている情けないものであります。
>
> （講演「模倣と独立」）

そしてもう一つは漱石のもっと深刻で重要な訴えのなかに言及されている。漱石は没年となる一九一六年一月に「点頭録」という論文を朝日新聞に数回にわたり連載した。小説でも随筆でもなく、懸命に非戦を訴えた小論文であり、このように世間に広く強く訴える論文としては漱石唯一の著述といえよう。

さて一九一四年に勃発した第一次世界大戦は大方の予想を覆して長期戦と総力戦の様相を呈してきた。青年時代から個人主義を国家主義に優先させ、民主主義を軍国主義から絶対に守るべきだという漱石の信念と確信が晩年の漱石を奮い立たせたのである。当時漱石は、自分の寿命が先行き長くないだろうと内心不安を抱いていた。だからこそ命あるうちに国民に訴えようと発起したに違いない。あとは私の下手な説明より漱石の論文としての絶筆を原文でとくと味わっていただきたい。

寿命は自分の極めるものでないから、固《もと》より予測は出来ない。自分は多病だけれども、（中略）私は天寿の許す限り（中略）奮励する心組《こゝろぐみ》でゐる。（中略）

今度の戦争は、其仕懸《そのしかけ》の空前に大袈裟《おほげさ》な丈《だけ》に、やゝともすると深みの足りない裏面を対照として却《かへっ》て思ひ出させる丈《だけ》である。自分は常にあの弾丸とあの硝薬《せうやく》とあの毒瓦《ガ》斯《ス》とそれからあの肉弾《にくだん》と鮮血とが、我々人類の未来の運命に、何《ど》の位の貢献をしてゐるのだらうかと考へる。（中略）

独逸は当初の予期に反して頗《すこぶ》る強い。聯合軍に対して是程《これほど》持ち応《こた》へやうとは誰しも思つてゐなかつた位に強い。すると勝負の上に於《おい》て、所謂《いはゆる》軍国主義なるものゝ価値は、

> もう大分《だいぶ》世界各国に認められたと云《い》はなければならない。さうして向後《かうご》独逸が成功を収めれば収める程、此《この》価値は漸々《ぜん〳〵》高まる丈である。（中略）
> 　開戦の劈頭《へきとう》から首都巴里《パリー》を脅《おびや》かされやうとした仏蘭西《フランス》人の脳裏には英国民よりも遥《はるか》に深く此《この》軍国主義の影響が刻み付けられたに違ない。（中略）飛行船から投下された爆弾以外に、まだ寸土《すんど》も敵兵に踏まれてゐない英国に比較すると、此《この》精神的打撃は更《さら》に幾倍《いくばい》の深刻さを加へてゐると見るのが正《まさ》に妥当の見解である。（「点頭録」）

　そして漱石は絶筆『明暗』を書き上げる寸前の一九一六年一二月に没した。ちょうど第一次世界大戦の真っ只中で、幸いにもその後、英米仏の連合国側が挽回して、少なくとも形の上での民主主義が勝利した。

あとがき

「まえがき」でも述べたように、私の漱石への関心は、少年時代の半ば義務的関心から半世紀以上経った現在はもっと強く、広く、深くなっている。それは広い分野に跨る漱石のいろいろな作品や漱石を語る佳書を数多く読むうちに、私が啓発され、それに応じて推敲と推考を重ねた結果でもあろう。一方、私は鉄道少年から始まって、近年は鉄道史や交通史にも傾注している。そんななかで漱石と交通が結びついて、ストーリーやドラマを組み立てられるのではないかと発想されてきたのである。

このような企画を平凡社新書編集部にご相談したところ、幸い検討いただける僥倖を得た。ただし、書きたい種や参考資料は数多あるが、漱石と交通をどう結び付けるかが難題で、そこには必然性がなければならないし、一方それが自然な流れでなければならないであろう。この点をご相談したところ、編集部からは「まずは漱石の人生経歴（そこには家族生活、交友関係、作家としての発展、経済状況、思想の展開……など多くが含まれてくるが）

をベースとして、そこに当時の交通事情がどう絡まってきたかという骨格がよいであろう」との重要な示唆をいただいた。これではっきりした指針ができたので、その後はその流れを意識して原稿を練ってきたつもりである。

そのなかで改めて調べるほど、若い頃の漱石は行動的であったし、後年は胃痛や多忙で自分はさほど動けなかったが、周囲からの接触も多く、門弟も多かったので、彼の眼前には常に広い世界が開けていた。漱石を語るには文学界のなかでは自然主義派や白樺派などとの関わり合いや、林芙美子らとの対比なども私の視野に入ってきた。そして二年間のロンドン留学生活、親友・中村是公との持ちつ持たれつの付き合いや満韓旅行、修善寺の大患、講演旅行、戦争を憂いた思想家としての晩年……など漱石は思った以上に広い舞台で活躍した。そこで漱石と旅した、漱石と付き合った乗り物も当然、多彩なのであった。

このような時代や状況を意識して、紆余曲折しながら原稿を書き進め、この度漸くでき上がったしだいである。ここまで、何回も適切なアドバイスをいただき、また懇切丁寧に原稿を見ていただいた編集者・進藤倫太郎氏および安藤優花氏に、ここで改めて深謝の意を表するものである。

二〇二二年一一月

小島英俊

主要参考文献

D・アンドリッチ（古市昭代訳）『自転車の歴史――200年の歩み…誕生から未来車へ』ベースボール・マガジン社、一九九二年
芦原由紀夫『東京アーカイブス――よみがえる「近代東京」の軌跡』山海堂、二〇〇五年
かわぐちつとむ『食堂車の明治・大正・昭和』グランプリ出版、二〇〇二年
小島英俊『文豪たちの大陸横断鉄道』新潮新書281、二〇〇八年
同『鉄道という文化』角川選書452、二〇一〇年
同『時速33キロから始まる日本鉄道史』朝日文庫、二〇一二年
同『鉄道技術の日本史――SLから、電車、超電導リニアまで』中公新書2312、二〇一五年
同『鉄道快適化物語――苦痛から快楽へ』創元社、二〇一八年
小宮洋『漱石の新婚旅行』海鳥社、二〇一五年
齊藤俊彦『くるまたちの社会史――人力車から自動車まで』中公新書1346、一九九七年
同『人力車の研究』三樹書房、二〇一四年
佐藤芳彦『世界の通勤電車ガイド』成山堂書店、二〇〇一年
自転車産業振興協会編『自転車の一世紀・日本自転車産業史』自転車産業振興協会、一九七三年
篠原宏『明治の郵便・鉄道馬車』（東西交流叢書3）雄松堂出版、一九八七年

曽我誉旨生『時刻表世界史――時代を読み解く陸海空143路線』社会評論社、二〇〇八年
髙木宏之『満洲鉄道発達史』潮書房光人社、二〇一二年
高島俊男『漱石の夏やすみ――房総紀行『木屑録』』朔北社、二〇〇〇年
多胡吉郎『スコットランドの漱石』文春新書398、二〇〇四年
出口保夫、アンドリュー・ワット編著『漱石のロンドン風景』研究社出版、一九八五年
長船友則『山陽鉄道物語――先駆的な営業施策を数多く導入した輝しい足跡』JTBキャンブックス、二〇〇八年
中部博『自動車伝来物語』集英社、一九九二年
夏目鏡子述・松岡譲筆録『漱石の思い出』文春文庫、一九九四年
難波匡甫『江戸東京を支えた舟運の路――内川廻しの記憶を探る』法政大学出版局、二〇一〇年
野間恒『豪華客船の文化史』NTT出版、一九九三年
原口隆行『時刻表でたどる特急・急行史――明治・大正・昭和を駆けた花形列車たち』JTBキャンブックス、二〇〇一年
広岡祐『漱石と歩く、明治の東京』祥伝社黄金文庫、二〇一二年
牧村健一郎『新聞記者 夏目漱石』平凡社新書277、二〇〇五年
同『旅する漱石先生――文豪と歩く名作の道』小学館、二〇一一年
水川隆夫『漱石の京都』平凡社、二〇〇一年
同『夏目漱石と戦争』平凡社新書528、二〇一〇年
森永卓郎監修『物価の文化史事典』展望社、二〇〇八年

山本弘文編『交通・運輸の発達と技術革新——歴史的考察』国際連合大学（東京大学出版会）、一九八六年
弓削信夫『明治・大正・昭和 九州の鉄道おもしろ史』西日本新聞社、二〇一四年
吉川文夫『東海道線１３０年の歩み』グランプリ出版、二〇〇二年
川蒸気合同展実行委員会編『図説・川の上の近代——通運丸と関東の川蒸気船交通史』川蒸気合同展実行委員会、二〇〇七年
『現代紀行文学全集・東日本編』修道社、一九六九年
東海汽船株式会社編『東海汽船80年のあゆみ』東海汽船、一九七〇年
『昭和文学作家史——二葉亭四迷から五木寛之まで』（別冊1億人の昭和史）毎日新聞社、一九七七年
『日本航空史——陸軍海軍航空隊の全貌』（別冊1億人の昭和史 日本の戦史別巻3）毎日新聞社、一九七九年
『番地入 東京市區分地圖 附東京市電車線路圖』雄文館、一九一〇年
David Jenkinson, "The History of British Railway Carriages 1900 - 1953", Pendragon Publishers, 1996.
Michael Bowler, *The Official British Rail Book of Trains for Young People*, Hutchinson, 1985.
Michael Freeman, Derek Aldcroft, *The Atlas of British Railway History*, CROOM HELM, 1987.

【著者】
小島英俊（こじま ひでとし）
1939年東京都生まれ。東京大学法学部卒業。三菱商事を経て、2006年までセ・デ・ベ・ジャポン代表取締役。05年以降は近代史・鉄道史をテーマに著述業を本格化。鉄道史学会会員。著書に『流線形列車の時代――世界鉄道外史』（NTT出版）、『文豪たちの大陸横断鉄道』（新潮新書）、『鉄道技術の日本史―― SLから、電車、超電導リニアまで』（中公新書）、『漱石と『資本論』』（共著、祥伝社新書）、『昭和の漱石先生』（文芸社文庫）、『鉄道快適化物語』『鉄道高速化物語』（ともに創元社）、『世界鉄道文化史』（講談社学術文庫）などがある。

平 凡 社 新 書 1 0 1 5

旅する漱石と近代交通
鉄道・船・人力車

発行日――2022年11月15日　初版第1刷

著者――小島英俊
発行者――下中美都
発行所――株式会社平凡社
〒101-0051　東京都千代田区神田神保町3-29
電話　(03) 3230-6580［編集］
(03) 3230-6573［営業］
印刷・製本―株式会社東京印書館
DTP――株式会社平凡社地図出版
装幀――菊地信義

ISBN978-4-582-86015-3
平凡社ホームページ　https://www.heibonsha.co.jp/